L'Homme sans postérité

Du même auteur

Les Grands Bois
Gallimard, 1943

L'Homme sans postérité
Phébus, 1978

Le Château des fous
Aubier, 1979

Cristal de roche
(Pierres multicolores, I)
J. Chambon, 1988

Les Cartons de mon arrière-grand-père
J. Chambon, 1989

Tourmaline
(Pierres multicolores, II)
J. Chambon, 1990

Brigitta
Fourbis, 1990
Seuil, coll. « Points Roman », n° 532

Adalbert Stifter

L'Homme sans postérité

roman

TRADUIT DE L'ALLEMAND
PAR GEORGES-ARTHUR GOLDSCHMIDT

Éditions Phébus

TEXTE INTÉGRAL

En couverture : Caspard David Friedrich,
Gebirgslandschaft mit Regenbogen
(Landschaft mit dem Mondregenbogen) 1810.
Archiv für Kunst und Geschichte, Berlin.

ISBN 2-02-014625-8
(ISBN 2-85940-020-6, 1re publication)

Présentation par Georges-Arthur Goldschmidt

Ce n'est pas pour rien que Peter Handke fait lire par l'un des personnages de sa pièce Les Gens déraisonnables sont en voie de disparition *tout un long passage de ce roman de Stifter. Pas pour rien non plus que Nietzsche écrit dans* Le Voyageur et son ombre : « *Si l'on excepte les écrits de Gœthe et en particulier les* Conversations *de Gœthe avec Eckermann, le meilleur livre allemand qui existe : que reste-t-il de la littérature en prose allemande qui mérite d'être relu et relu encore ? Les* Aphorismes *de Lichtenberg, le premier tome de l'*Autobiographie *de Jung-Stilling,* L'Eté de la Saint-Martin *d'Adalbert Stifter et* Les Gens de Selwyla *de Gottfried Keller, c'est tout pour l'instant.* »

Deux témoignages qui devraient donner à réfléchir. Adalbert Stifter, comme Theodor Fontane, est de ces écrivains réputés « inexportables » — en France tout au moins — dont l'importance et l'influence en pays de langue allemande ne se sont jamais démenties ; pourtant les raisons de leur popularité ne sont pas toujours aisées à saisir.

Le génie intime de Stifter échappe en effet comme à plaisir aux mots qui voudraient en fixer l'image. A première vue, rien ne semble émerger de cette œuvre volontairement banale, *parfois humble jusqu'à la trivialité, mais que soulève pourtant une émotion à laquelle il n'est pas facile de résister : cette sorte de tristesse ample et forte qui baigne ici toute réalité. Les récits de Stifter, qui se déroulent presque tous dans un cadre campagnard, pourraient se confondre avec mille autres. Les thèmes en sont remarquablement simples : des enfants sont surpris par l'orage ; une petite fille perd son chemin dans les bois ; un jeune homme passe ses vacances dans une grande maison à la campagne et tombe amoureux ; un adolescent orphelin rend visite à un oncle inconnu... Et pourtant jamais on n'a raconté de telles histoires, ni de cette façon. Et c'est là tout le « charme » de cette œuvre : très vite le lecteur se retrouve captivé par une prose étrangement simple, comme « en retrait d'elle-même » à force de retenue. Cette prose d'ailleurs est à ce point « coulante » que la langue bientôt disparaît, laissant toute la place aux paysages, aux atmosphères, aux gestes, aux personnages.*

*Il est peu d'œuvres, celle de Josef von Eichendorff exceptée, où la langue en effet recule autant, s'efface à ce point pour atteindre à sa perfection même dans une sorte d'*absence. *Insaisissable à force d'effacement, l'allemand de Stifter recourt systématiquement au vocabulaire le plus neutre, aux verbes les plus simples, accueille même volontiers les répétitions qui sont celles-mêmes du discours quotidien : « avoir » et « être » sont ici partout, dans leur fruste et nécessaire nudité — « il y avait là-bas des arbres »... « plus loin c'étaient des champs »... autant de formules qui accentuent la rude simplicité du propos. Toutes ont la même raison d'être : faire que la littérature disparaisse enfin derrière ce dont elle parle.*

Et là n'est pas le moindre miracle de cette œuvre : réduite à l'essentiel, la langue y acquiert soudain une précision visuelle qui proprement coupe le souffle. Les descriptions de paysages y abondent. Mais le mot même de « description » s'avère ici tout à fait impropre : il faudrait plutôt parler d' « évocations visuelles », où le paysage paraît come « résonner » dans un espace dont on mesure exactement toute l'étendue à chaque pas, à chaque heure du jour et de la nuit, à chaque changement de lumière.

Stifter était né le 23 octobre 1805 à Oberplan, dans le Sud de la Bohême, c'est-à-dire dans une région située à la limite des influences slaves et germaniques. Il est fils de paysans donc d'origine essen-

tiellement populaire, comme tant d'écrivains de langue allemande d'hier et d'aujourd'hui : rares en effet dans ce pays, contrairement à ce qui se passe en France, les artistes issus de la bourgeoisie aisée, pour lesquels les problèmes matériels de l'existence ne se posent pas. La littérature en Allemagne est bien davantage l'affaire de tous, populaire *qu'elle est en son fonds — qu'elle apparaisse par ailleurs « facile » ou « difficile ».*

Stifter est autrichien, puisque en ce temps la Bohême fait partie de l'Empire ; il est autrichien comme l'est presque Joseph von Eichendorff, l'émouvant auteur des Scènes de la vie d'un propre à rien, *qui est lui silésien et dont le polonais est presque la langue maternelle. Nietzsche était à peu près dans le même cas. Beaucoup des grands écrivains de langue allemande sont ainsi des frontaliers, ce qui peut sans doute expliquer, tant chez Keller que chez Stifter ou Eichendorff, ou encore chez Kafka, le quasi-anonymat des lieux, en tout cas cette indifférence absolue aux questions de nationalisme ou de régionalisme, à une époque et dans des pays où elles occupent le devant de la scène.*

Cela dit, la vie de Stifter se signale d'abord comme étant la plus ordinaire *qui soit. Il fut jusqu'en 1826 élève d'un* « Stift », *un de ces collèges religieux comme il en existait tant dans les pays germaniques catholiques ou protestants. Il y était entré en 1818, après la mort accidentelle de son père : un orphelin de plus parmi les écrivains de langue allemande, aux côtés de Nietzsche, de Hölderlin et de tant d'autres. Hölderlin, Hegel, Fichte, Nietzsche, et plus tard Hesse et Handke auront été éduqués dans ce genre d'internats ; Stifter y fut très heureux : il gardera même de ces années une étrange nostalgie. Enfin, après des études juridiques, il se met à écrire (et à peindre), dans le droit fil de la manière romantique de son temps ; et à vivre de leçons particulières et de postes plus ou moins provisoires dans l'administration (il finira inspecteur de l'Instruction publique). En 1868, à soixante ans passés, atteint d'un cancer incurable, il choisit de se donner lui-même la mort.*

Une vie sans histoire, donc, mais point heureuse pour autant, en dépit du succès que l'œuvre remporta presque immédiatement dans toute l'Allemagne — et quoi qu'aient l'air de nous dire ces admirables récits que sont Les Grands bois, L'Été de la Saint-Martin, Witiko, *apparemment tout nimbés de paix et d'harmonie. Ne nous y trompons pas en effet, l'angoisse et l'agitation intérieure ne quittèrent jamais Stifter. Et sans doute cette ambiguïté foncière de son caractère et de toute son œuvre — fût-elle le plus souvent masquée par la pudeur — est-elle précisément ce qui lui attira l'admiration de tant d'esprits divers, au premier rang desquels Nietzsche, et après lui Robert Walser aussi bien que Hermann Hesse, et aujourd'hui*

Hermann Lenz, Paul Nizon, Peter Handke... tous s'accordant pour reconnaître à son écriture, à la fois simple, assidue et mystérieuse, un pouvoir parfaitement magique : celui de faire exister les personnages dans leur plus exacte intimité, de les faire littéralement sentir être.

Dès lors s'explique-t-on mal (ou peut-être trop bien) que Stifter ait réussi à demeurer presque totalement inconnu des lecteurs français — même s'il s'est parfois trouvé être la victime des ressassements des jurys de concours, qui avaient au moins le mérite de le faire connaître. Il est vrai que son œuvre est profondément réfractaire à toute analyse simplificatrice : à la fois si sereine et si trouble, si apaisante et si déroutante en son fond.

L'Homme sans postérité, *daté de 1844, jamais traduit en France à ce jour, apparaît à cet égard comme un texte exemplaire, contenant d'une certaine manière tous les autres. L'enfant, la jeune fille, la mère, le vieillard y sont représentés comme autant de figures unies par des liens d'une violence souterraine — qui n'émerge pourtant qu'à de rares occasions : dans un geste mal retenu, dans une parole imprudemment échappée aux lèvres. L'étrange « tranquillité » de ce récit risque même — ne serait-ce que par la place qu'elle laisse à l'imagination du lecteur — d'être plus troublante que beaucoup d'agitation. Rien de « pittoresque » ici, rien qui veuille prétendre à* une quelconque originalité. Quelle histoire pourrait être plus prosaïque que celle-ci : un départ, un voyage, un séjour dans une île au milieu des montagnes, un retour ? Aventures banales qui ressemblent à celles que connaît tout un chacun, au point qu'à première vue on s'étonne que quelqu'un ait pris la peine de les noter. Et puis, secrètement, comme à l'insu de celui qui lit, une sourde émotion se fait jour au détour de ce chemin qui s'annonçait sans surprises, d'autant plus étrange qu'elle n'est d'abord repérable qu'à des détails très secondaires. Il n'en faut pourtant pas plus pour que le récit d'un seul coup se retourne vers le lecteur, devienne le sien propre. Et là est peut-être le secret de Stifter : ce qui est raconté est cela même qui peut arriver à chacun — l'enthousiasme irraisonné au tournant d'un sentier de montagne, la montée d'un désespoir extrême, la torpeur d'un après-midi d'été, l'envahissement de l'âme par la mort. Tels sont nos instants, à la fois insignifiants et porteurs de toute signification, si fugitifs qu'on ne se donne guère la peine de les fixer, alors qu'à l'évidence ils contiennent l'essentiel.

Ce sont ces instants que Stifter, peintre autant que poète, s'emploie précisément à immobiliser, à solidifier, à pérenniser. Et pour le coup le lecteur le plus rétif à toute descriptin se laisse faire une douce violence : car si Stifter ne lui fait grâce d'aucun détail, s'il s'applique à scruter les moindres faits et gestes *de ses personnages, que l'on voit successivement ouvrir une porte, la refermer, pénétrer dans un couloir ombreux, gravir les marches de bois d'un escalier, ces faits et gestes ne sont jamais* n'importe lesquels *(nous sommes ici à l'opposé de l'énumération balzacienne), et ils ne sont jamais décrits* n'importe comment. *Car ce qui importe dans cette indifférence de tout instant, ce n'est pas tant la banalité des gestes que le miracle de leur accomplissement, toujours révélateur d'*autre chose. *Une ligne de ce récit, prise au hasard, paraîtra peut-être insignifiante au premier abord, mais lue dans la « foulée » de l'histoire (puisque tout ici est marche, cheminement), elle apparaît comme soulevée par une force mystérieuse et poignante. Rarement quelqu'un aura été en apparence aussi peu écrivain en étant à ce point pénétré par la résonance intime de ce qui est forcément au centre de tout récit : ce jaillissement du « vécu », qui plonge ses racines dans une expérience qui n'est bien évidemment jamais objective, qui ne saurait être que per*sonnelle.

Le récit se déploiera donc selon une nécessité rigoureuse, un peu comme un « scénario » moderne, dont la logique ne se révèle que peu à peu. Il en naît une étrange mémoire du texte : ce qu'on a lu s'installe, s'établit de plus en plus solidement au sein de ce qu'on est en train de lire. Le voyage de cet adolescent à travers monts et vallées n'est pas seulement notre *voyage, il est d'abord l'exacte expression du souvenir associé à la distance : on dirait que c'est la mémoire qui chemine, plus que le personnage lui-même, comme si Stifter ne voulait nous révéler du monde que ce que la mémoire du jeune Victor en aura conservé au bout de ce chemin qui le mène d'horizon en horizon.*

Au fur et à mesure qu'il avance en sa compagnie, le lecteur se remémore comme lui les paysages évoqués quelques instants plus tôt. Et sans doute est-ce là qu'opère le « charme » si particulier de cette littérature. Elle n'existe que par les paysages (non pas la nature) qu'elle évoque ; paysages parcourus, habités, qui deviennent comme l'expression de l'état d'âme des personnages qui les traversent : ici est passé quelqu'un ! *Dès lors, avec quel émerveillement ne voit-on pas la physionomie des lieux les plus humbles prendre soudain une force comparable à celle de ces objets d'une vie quotidienne très ancienne que l'on découvre à l'endroit le plus inattendu d'un musée.*

Qu'on ne s'étonne donc pas si le paysage chez Stifter est à ce point omniprésent. Non que la nature exerce sur son regard la moindre tyrannie, bien au contraire : c'est le regard (de l'auteur, de ses personnages, et bientôt du lecteur) qui crée *ici le monde, qui transforme la nature en paysage.*

Paysages-archétypes dynamisés par une imagination étrangement fidèle à elle-même. Nous sommes presque toujours en pays de moyenne montagne : la plaine s'aperçoit au loin, mais pour peu qu'on gravisse la pente prochaine, ce sont déjà des cimes neigeuses qui se profilent à l'horizon. La pente du sol, la végétation, l'éclairage, la qualité de l'air, et ce sentiment merveilleusement exact de « l'heure qu'il est » prennent du coup une importance centrale. Nous sommes toujours absolument situés dans un espace qui ne s'étend pas n'importe où, mais bien à droite et à gauche.

Les objets eux-mêmes ne peuvent plus être simples objets de désignation : la maison n'est pas seulement l'endroit où l'on demeure, mais ce lieu d'enfance habité depuis des générations, et marqué d'étranges empreintes humaines. La solitude, la séparation, l'occasion manquée ne cessent de hanter de tels lieux, destinés à se superposer dans l'imagination du lecteur à d'autres lieux qu'il aura lui-même connus.

Les paysages, les objets prennent ainsi une coloration non pas symbolique (ils ne signifient rien), mais très exactement « évocatrice » — on voudrait presque dire incantatoire, tant l'art de Stifter semble proche de celui des musiciens de son époque, Schumann surtout, et le jeune Brahms.

Mais très vite on s'aperçoit que la douceur et l'harmonie de ce monde sont troublées dans les profondeurs par d'étranges constantes. Il y a d'abord cette « innocence » (non pas la pureté), trop souvent pro-

clamée pour n'être pas menacée. On dirait que tous les personnages habitent un univers où l'histoire n'a pas eu lieu — si ce n'est l'histoire matérielle, *celle qui construit les maisons, trace les chemins, fabrique les objets familiers. Pour le reste, ils vivent dans un monde où les sentiments n'auraient d'histoire que la leur, où tout se déroulerait comme si les contraintes sociales ou politiques n'existaient pas.*

Les lieux évoqués dans le présent récit sont tous imaginaires, on ne sait rien de la situation sociale des personnages. Les existences semblent se dérouler pour elles-mêmes, *situées dans l'espace avec un soin géographique parfaitement maniaque, mais situées « nulle part », et comme détachées du temps mesurable, soustraites à l'emprise de toute société.*

Ce qui fait, paradoxalement, qu'on lit les récits de Stifter comme on lit les Contes *de Grimm : détachés à l'intérieur du récit de toute référence centrifuge. En ce sens ils touchent au « légendaire » : ce domaine où poésie et psychanalyse en viennent naturellement à se rejoindre — encore que cette dernière parvienne à peine à « rendre compte » de ce que Stifter, lui, pose d'emblée avec la tranquille autorité des poètes. L'adolescent, si enfant encore qu'il en paraît presque femme (Stifter le souligne à plusieurs reprises, comme fait ailleurs Eichendorff), se trouve en effet former un couple bien étrange avec ce vieil « oncle » — et l'on sait à quel point le contexte lin-*

guistique allemand associe ce mot à l'idée d'initiation, de rapt. *Les oncles, ceux de Gœthe comme celui de Stifter, sont les fauteurs du désordre, ceux qui incarnent la marginalité, heureuse ou malheureuse, ceux qui transgressent l'*appris *— sans pour autant l'annuler (c'est particulièrement frappant ici). A l'oncle initiateur, le neveu oppose d'abord son impénétrabilité apparente. Tous deux apparaissent comme revêtus d'une carapace ; tous deux ne découvriront la tendresse intérieure qui les habite que dans la mesure où ils se heurtent à l'*autre. *Cet enfant qui vivait jusque-là dans un monde dont nous ne savons rien mais dont nous devinons tout — il a des amis, il vit dans une campagne très belle, il a une chambre pour lui tout seul — cet adolescent, en qui peut-être le désir n'a pas encore pris la parole au cours de ces huit jours de marche à pied, se rend vers l'île que son oncle habite, au milieu d'un lac supposé des Alpes autrichiennes : il y restera presque tout un été, quasi-prisonnier ; mais prisonnier d'un homme que la mort marque déjà et rongé par un besoin d'amour si grand, si peu satisfait qu'il a dû pour survivre s'entourer de tous côtés de défenses matérielles inviolables ; il n'en est bien sûr que plus vulnérable, et l'apparition du bel adolescent dans le domaine qu'il s'emploie si bien à défendre le blessera d'autant mieux.*

Or dès l'abord, le garçon est fasciné par cet oncle, qui nous est présenté comme un vieillard décharné, voire un tantinet crasseux ; fasciné au point d'en faire sa proie, de le capter, de le captiver par sa jeunesse et sa beauté ; fasciné presque à son insu, et de façon quasi prémonitoire, comme s'il vivait déjà en un autre temps de lui-même (Ahnung), *comme s'il y avait déjà en lui cette vieillesse, malgré sa beauté présente — beauté de corps et d'âme — ou même* à cause *de cette beauté. Dès l'abord aussi l'oncle sait cela, il a fait venir le neveu* pour cela. *L'oncle possède chez lui (tout le récit est construit autour de ce centre), un tableau représentant son frère, c'est-à-dire le père de l'adolescent, à l'âge de celui-ci : portrait-miroir où le garçon découvre représenté sous ses propres traits celui qui fut son père. L'oncle, visiblement, aurait voulu être ce père ; il n'a fait venir l'adolescent que pour avoir auprès de lui la vivante incarnation de cette image. Tentative désespérée, vouée d'avance à l'échec, ou plutôt vouée à une forme tout autre d'accomplissement.*

Le neveu est en effet comme la figuration renversée de l'oncle : toi, c'est moi jeune ; quant à moi je me retrouve dans le miroir de ta jeunesse. L'adolescent pour sa part découvre dans ce jeu ambigu la clé de sa propre beauté, qui lui est révélée à la fois par le désir de l'oncle et par l'image du père.

Initiateur au monde du désir, il était logique que l'oncle le soit aussi à celui de la richesse : à la fois dispendieuse (l'excessive abondance de la table) et parcimonieuse (le souci maniaque d'accumulation). Mais son ordre étrange est fondamentalement un désordre, un ordre qui ne serait celui de personne au monde, un ordre foncièrement asocial.

Le neveu s'en rend compte tout de suite, qui commence par se rebeller, et qui va bientôt profiter de ce qu'il croit être l'hostilité de cet homme à son égard pour fuir autant qu'il le peut la maison-piège. Il n'est plus dès cet instant qu'un enfant prisonnier, enfermé des journées entières dans la libre solitude de l'île. Et que veut-on que ne fasse pas un enfant livré à l'absolue solitude, hors de portée du regard des autres — c'est-à-dire en l'occurrence observé de loin par l'oncle ! Que peut-il faire (et c'est bien ce que Stifter veut nous suggérer) si ce n'est se livrer à ses « chimères » à son « trouble » à ses « rêveries » ?

Paradoxalement — mais est-ce un paradoxe ? — cet apprentissage de la solitude va s'avérer être l'unique voie d'accès à l'autre. Dans le retrait, c'est le langage de la tendresse qui parle, et bientôt celui des larmes. Du plus profond de l'âme blessée de solitude, cette tendresse va jaillir de part et d'autre, mais d'avance condamnée, venant, telle est sa nature, à la fois trop tôt et trop tard. Après la visite chez l'oncle, le garçon, revenu au paradis de l'enfance, entreprendra un long voyage à l'étranger, qui sera son véritable voyage d'initiation ; lorsqu'il reviendra, il sera enfin devenu *lui-même : physiquement changé, intérieurement semblable.*

On a donc affaire, une fois encore, à l'un de ces romans d'apprentissage si chers à la sensibilité allemande de l'époque. Mais Stifter suit dans ce domaine de bien étranges voies — et la force singulière de ce récit vient assurément de là : tout ici, et à tout instant, est donné comme possible, rien n'est défini ni définitif ; or ces perspectives infinies qui s'ouvrent devant nos yeux, dans leur prodigieuse insignifiance, ne font jamais qu'instaurer des possibilités de désordre. Et ce désordre, souligné encore par l'état de « vacance » d'un monde quasi enfantin, asocial dans son essence, apparaît au bout du compte d'autant plus menaçant que la fiction est ici plus plausible : à la fois simple et évidente, jusque dans la bonté et la beauté de ses représentations. Cet univers idyllique, aussi proche qu'inaccessible, nous propose en réalité sans en avoir l'air une autre forme d' « ordre », tout à la fois idéal et familier, mais fondé cette fois sur la dénégation, sur le refus.

L'oncle a pris soin du neveu, et là n'est pas le moins étonnant, il en a pris soin en veillant d'abord à lui assurer la plus totale liberté au sein de cet espace offert à ses jeunes désirs. Il s'arrangera ensuite pour que le neveu devienne riche, pour qu'il puisse jouir : mais jouir de la vie *justement, cette vie que la vieillesse est bien obligée de quitter.*

En quelques mots, à la fin du sixième chapitre, le discours atteint ainsi à une « bonté » qui force l'émotion : cette émotion dont Bergson a si bien su parler, comme si la réalité dernière et première de la vie désormais était harmonie, joie, douceur.

Mais ne nous leurrons pas, cette œuvre que son auteur voulait toute soumise à la « loi de douceur » est bien celle d'un insoumis : heureux sans doute, mais surtout marginal, impossible, l'univers de Stifter nous touche aujourd'hui moins comme une fiction que comme une récusation de l'ordre établi. Telle est en effet la proclamation qui ne cesse de retentir dans ces paysages imaginés pour notre honte par le plus exigeant des regards : la société, triste multiplication d'humanités émiettées, ne nous rendra jamais cette humanité infrangible que l'homme n'incarne pleinement que dans la solitude.

Tout s'unit ici, au bout du compte, en une sorte de cercle immense où rien ne se joint mais où tout se retrouve. *La fin du récit ferme la boucle, à l'aplomb exact du point qui en avait marqué le commencement. Deux êtres se joignent à la place de deux autres qui ne se joindront jamais ; les autres deviennent ce que les uns ne furent pas. Par-delà le « mythe » dans la réalité toute simple on voit, dans la nostalgie de l'irréversible, tout à coup se fermer et s'ouvrir le cercle de « l'éternel retour ».*

Bugeac, 23 août 1978

Adalbert Stifter (1805-1868) est l'un des prosateurs autrichiens les plus importants du XIX*e siècle. Inspecteur d'académie, féru de pédagogie, il ne vint que tard à la littérature et connut en 1841, avec la publication des* Grands Bois, *une célébrité immédiate. Malade, il se suicida à l'âge de soixante-trois ans après avoir mené une vie marginale et éloignée de la société. Nietzsche et Thomas Mann le tenaient pour l'un des grands auteurs classiques de langue allemande.*

Contrepoint

Gorgés des rumeurs et des flots de sève montante de leur jeune vie à peine commencée, les jeunes gens escaladaient la pente entre les arbres, parmi les chants des rossignols. Tout autour d'eux se déployait un paysage resplendissant où couraient les nuages. Dans la plaine, en contrebas, on pouvait apercevoir les tours et la masse des demeures d'une grande ville.

L'un des jeunes gens prononça ces mots : « Maintenant, je le sais avec certitude, je ne me marierai jamais. »

Celui qui avait parlé était un adolescent svelte, aux yeux doux et ardents. Les autres n'avaient guère prêté attention à ses paroles, certains même répondirent par des éclats de rire, tout en continuant de cheminer, de casser des branches et de s'envoyer des mottes de terre.

— Hé, qui donc voudrait se marier, fit l'un d'eux, pour s'assujettir aux liens ridicules d'une épouse et rester comme l'oiseau sur un barreau de sa cage ?

— Peut-être, nigaud. Mais danser, être amoureux, avoir honte, rougir, hein ? s'écria un troisième, et de nouveau les rires retentirent.

— De toute façon, personne ne voudrait de toi.

— De toi non plus.

— Peu m'importe.

Le reste se perdit dans un murmure confus. La futaie retentit encore de quelques appels joyeux, puis plus rien : les garçons, dans le bruissement des buissons, gravissent la pente qui prolonge le bois. Ils marchent vite sous le soleil qui brille. Autour d'eux, les branches verdoient ; sur leurs joues et dans leurs regards étincelle leur inébranlable confiance dans le monde. Partout, c'est le printemps, aussi inexpérimenté, aussi ingénu qu'eux. Celui qui avait clamé sa résolution de ne pas se marier n'avait plus rien ajouté et l'affaire semblait oubliée.

De nouvelles conversations ne tardèrent pas à se nouer sur ces entrefaites ; ils parlèrent de tout, le plus souvent tous ensemble. Les sujets les plus élevés, les plus profonds étaient traités, mais ils eurent vite épuisé les uns et les autres. Puis vint la politique : il fallait dans l'Etat la liberté la plus illimitée, la justice la plus absolue, une infinie tolérance. Quiconque y ferait obstacle serait abattu et vaincu. L'ennemi extérieur brisé, la gloire alors nimberait la tête des héros. Pendant qu'ils débattaient ainsi de ce qu'ils croyaient être de grandes choses, il s'en passait autour d'eux qui leur semblaient assurément bien petites. Les buissons se couvraient de verdure, la terre couvait et germait, jouant déjà avec les tendres pousses printanières comme avec autant de pierres précieuses.

Ils se mirent alors à chanter, à se poursuivre, à se pousser dans le chemin creux ou dans les buissons, à se couper des fouets et des bâtons. Cependant ils s'élevaient toujours plus haut au-dessus des habitations des hommes.

Ici, une remarque s'impose : combien l'avenir est-il indescriptible, mystérieux, attrayant, lorsqu'on l'a encore devant soi ! Mais qu'il devienne présent, et le voilà qui se presse, avec quelle rapidité, sans même que nous ayons le temps de nous en apercevoir ; et pour peu qu'il devienne passé, le voilà évident, usé, inconsistant. Tous les jeunes gens s'y jettent comme s'ils étaient incapables d'attendre davantage. L'un se vante d'expériences et de plaisirs au-dessus de son âge, un autre fait le blasé comme s'il avait déjà tout épuisé, le troisième répète des propos d'hommes faits ou de vieillards qu'il a entendus chez son père. Et les voilà aussitôt après qui poursuivent un papillon ou ramassent des cailloux colorés.

Nos jeunes gens cependant vont leur chemin, toujours plus haut et plus avant. A la lisière de la forêt, ils se retournent pour regarder la ville. Ils distinguent toutes sortes de constructions et de maisons. Ils parient : c'est celle-ci, c'est celle-là. Puis ils atteignent le couvert des hêtres.

La forêt continue, et maintenant le sol est presque plat. Par-delà, s'étendent de lumineuses prairies plantées d'arbres fruitiers. Elles mènent à un vallon qui, calme et intime, contourne le versant des montagnes. Il en descend deux ruisseaux rapides, clairs comme des miroirs. L'eau coule gaiement sur les galets lisses, longe des vergers fournis, des clôtures de jardins, des maisons. Puis elle s'en va par les vignobles. Tout est à ce point calme que, dans le clair après-midi, on entend au loin chanter le coq ou résonner quelque clocher de village. Il est rare qu'un citadin visite cette vallée, et aucun encore n'y a établi sa résidence estivale.

Nos amis couraient plus qu'ils ne marchaient en descendant la pente du vallon. Ils atteignirent les jardins, menant grand bruit, traversèrent la première passerelle puis la seconde. Ils longèrent ensuite l'eau et pénétrèrent dans l'un de ces jardins, tout débordant de lilas, de noyers et de tilleuls. C'était le jardin d'une auberge. Ils prirent place autour d'une de ces tables aux pieds plantés dans l'herbe, faites de planches clouées sur lesquelles d'autres, assis là avant eux, avaient gravé des cœurs et des noms. Ils commandèrent à déjeuner, chacun selon son goût. Après avoir mangé, ils jouèrent quelque temps avec un caniche qui se trouvait dans le jardin, payèrent et s'en allèrent. Par l'ouverture du vallon, on débouchait dans une autre vallée, plus large celle-là, où coulait un vrai fleuve. Parvenus à la rive, ils détachèrent une barque et traversèrent, ignorant que l'endroit était dangereux. Des femmes qui passaient par hasard furent très effrayées de les voir faire. Une fois de l'autre côté, ils donnèrent quelques pièces à un homme qui voulut bien ramener l'embarcation et l'amarrer là où ils l'avaient prise.

Ils avancèrent ensuite, à travers les roseaux et les pâturages, jusqu'à une digue que suivait une route menant encore à une auberge. Ils s'adressèrent à l'aubergiste pour louer une voiture découverte, et reprirent le chemin de la ville. Prés, buissons et labours, parcs, jardins et maisons, ils les longeaient si vite qu'ils paraissaient voler. Aux faubourgs, ils descendirent. Le soleil qui les avait accompagnés toute la journée n'était plus qu'une boule rougeoyante au bord du ciel. Après qu'il fut couché, nos amis virent les montagnes où ils avaient goûté tant de joies matinales se transformer en un simple ruban bleu contre le ciel jaune du soir. Ils traversèrent les rues poussiéreuses de la ville, déjà plongées dans la pénombre, jusqu'à un certain endroit où ils se séparèrent en se criant joyeusement au revoir :

— Longue vie à toi ! faisait l'un.

— Longue vie ! répondait l'autre.

— Bonne nuit ! dis bonjour à Rosina.

— Bonne nuit ! et toi, donne demain le bonjour à Auguste et à Théobald.

— Et toi, salue de ma part Karl et Lothar.

D'autres noms encore retentirent, car la jeunesse a beaucoup d'amis et s'en fait de nouveaux chaque jour. Puis ils se dispersèrent. Deux d'entre eux avaient pris le même chemin :

— Dis, Victor, ne peux-tu pas rester cette nuit auprès de moi ? Tu repartiras demain dès que tu en auras envie. Mais est-ce bien vrai cela, que tu ne veux pas te marier du tout ?

— Laisse-moi te dire, répondit l'autre : c'est la vérité, je ne me marierai jamais, et je suis bien malheureux.

Mais quelle n'était pas la clarté des yeux, quelle n'était pas la fraîcheur des lèvres que franchit le souffle de ces paroles ! Les deux amis suivirent encore quelque temps la rue, puis entrèrent dans une maison qu'ils connaissaient bien. Ils montèrent deux escaliers, évitèrent plusieurs pièces pleines de gens et de lumières, et se retrouvèrent dans une chambre isolée.

— Voilà, Victor, dit le premier, je t'ai fait installer un lit à côté du mien pour que tu passes une bonne nuit. Ma sœur Rosina va nous faire monter à manger, nous allons rester là et prendre du bon temps. Ce fut une merveilleuse journée et je n'ai aucune envie de la terminer en bas avec tous ces gens. Je l'ai déjà dit à ma mère. N'est-ce pas bien ainsi, hein, Victor ?

— Certes, répondit celui-ci, la table de ton père n'est pas toujours gaie : et cette attente interminable entre les plats, et toutes ces théories dans l'intervalle ! Mais demain, Ferdinand, je ne peux pas faire autrement, il faut que je parte au lever du jour.

— Tu n'as qu'à partir quand tu veux, répondit Ferdinand, tu sais que la clef se trouve dans la niche près du portail.

Tout en parlant, ils commencèrent à se déshabiller en se débarrassant de leurs bottes pesantes et poussiéreuses. Ils jetèrent leurs vêtements çà et là. Un serviteur apporta de la lumière, et une servante un plateau abondamment garni de nourriture. Ils mangèrent vite et avec appétit. Après quoi ils s'accoudèrent aux fenêtres, allant sans cesse de l'une à l'autre, firent le tour de la pièce, regardèrent les cadeaux que Ferdinand venait de recevoir la veille et comptèrent les nuages rouges du soir. Puis ils se déshabillèrent complètement et s'étendirent sur leurs lits. Couchés, ils continuèrent encore à parler ; mais quelques minutes plus tard, aucun des deux n'était plus capable ni de parler ni de penser : ils étaient déjà profondément endormis. Pour les autres, qui avaient ce jour-là connu les mêmes plaisirs qu'eux, il devait en être de même.

Et pourtant, tandis que ces jeunes gens fêtaient ainsi cette journée, il en allait ailleurs bien différemment : cette journée, un vieillard l'avait passée assis sur un banc, au soleil, devant sa maison. Loin de ces arbres où avaient chanté les rossignols, où avaient retenti les rires si joyeux de nos adolescents, loin derrière les montagnes bleues qui bordaient l'horizon, se trouvait une île avec une maison. Le vieillard était assis devant cette maison, et il tremblait devant la mort. Depuis des années déjà, on aurait pu le voir là — encore eût-il fallu qu'il consentît à se laisser voir. Il n'avait jamais eu d'épouse : nulle compagne âgée n'était assise à ses côtés sur le banc ; nulle femme ne l'avait jamais accompagné nulle part, pas plus autrefois qu'aujourd'hui où il se trouvait propriétaire de cette maison. Jamais non plus il n'avait eu d'enfants : jamais il n'avait connu le tourment ou la joie qu'ils donnent. Cette ombre que, du banc, il projetait sur le sable, aucun enfant ne la foulait jamais.

Dans la maison, tout était parfaitement silencieu ; quand il rentrait, il fermait la porte lui-même, et c'est encore lui qui la rouvrait quand il sortait. Pendant que les jeunes gens escaladaient la montagne, emportés par une vitalité et une joie intenses, il n'avait pas quitté son banc : il avait contemplé les fleurs de printemps, disposées en bouquets ; et l'air vide, le soleil vain avaient joué autour de lui. Et tandis que les adolescents se couchaient, après leur longue course de la journée, et plongeaient tout aussitôt au creux du sommeil, le vieillard, de son côté, dans une pièce soigneusement close, s'était mis au lit et fermait les paupières pour dormir.

La même nuit étendit sur eux le froid manteau de toutes ses étoiles, sans s'inquiéter de savoir si de jeunes cœurs s'étaient réjouis du jour écoulé — eux qui ne pensaient jamais à la mort, tout comme si elle n'existait pas ; et sans s'inquiéter davantage de savoir si un vieux cœur avait craint de voir sa vie violemment abrégée — celle-ci pourtant s'était encore avancée d'un jour vers sa fin.

Unisson

Lorsque se mit à poindre la première lueur pâle du jour suivant, Victor marchait déjà dans les rues encore désertes où retentissaient ses pas. D'abord, il ne rencontra personne, puis il commença à croiser les silhouettes, mal éveillées et chagrines, de ceux qui allaient de bonne heure au travail ; des bruits lointains de voitures à cheval indiquaient qu'on commençait déjà à apporter le ravitaillement vers la ville. Il gagna l'une des portes ; dès qu'il l'eut passée, il fut accueilli par le vert frais et humide des champs. Le soleil émergeait à peine de l'horizon, et la pointe des herbes mouillées se teintait d'un flamboiement rouge et vert. Joyeuses, les alouettes tournoyaient dans l'air, cependant que la ville toute proche, si bruyante d'habitude, était presque muette encore.

A l'extérieur des murs, il prit aussitôt un sentier qui gagnait à travers champs ces arbres où la veille les rossignols avaient chanté, où les adolescents avaient échangé leurs plaisanteries. En moins de deux heures de marche, il atteignait le bois. Comme la veille avec ses amis, il suivit d'abord le tracé du chemin, longea les buissons dans la montée, arriva à l'orée de la forêt, et sans s'attarder à regarder autour de lui pénétra sous la futaie ; puis il descendit par le pré planté d'arbres fruitiers, jusqu'à la vallée si calme où, nous l'avons vu, couraient deux ruisseaux argentés.

Arrivé tout au fond, il traversa la première passerelle, mais cette fois, et comme par manière de salut, il s'attarda à contempler un moment les cailloux brillants sur lesquels l'eau roulait. Il traversa ensuite la seconde passerelle, et prit le long de l'eau. Mais aujourd'hui, ce n'est pas pour aller jusqu'au jardin de l'auberge où, hier encore, ils s'arrêtaient pour déjeuner : il quitte le chemin bien avant, à hauteur d'un lilas dont branches et racines effleurent la surface de l'eau. Il pénètre le buisson fleuri où se cache une barrière : les pluies et d'innombrables soleils ont donné aux planches leur teinte grise. Victor ouvre la petite porte qui s'y trouve ménagée et entre dans un jardin. On distingue au fond le long mur blanc d'une maison basse qui se détache à peine des buissons de sureau et des arbres fruitiers. Derrière des carreaux étincelants pendent des rideaux blancs.

Victor se dirigea vers la maison en longeant les buissons. Arrivé à l'aire sablée, où le puits voisinait avec un vieux pommier sur lequel s'appuyaient des pieux et toutes sortes d'objets, il fut accueilli par le vieux Spitz qui aboyait en agitant sa queue. Les poules, hôtes affectueux des êtres, menaient elles aussi grand remue-ménage sous le pommier. Il entra dans la maison, foula le sol craquant du couloir, et pénétra dans la pièce où brillait un plancher ciré.

Il n'y avait là qu'une vieille femme. Elle venait d'ouvrir une fenêtre et s'affairait à ôter la poussière des tables, des chaises et des coffres, tout en remettant à leur place les objets déplacés la veille au soir. Le bruit que le jeune homme fit en entrant l'interrompit dans son travail ; elle tourna vers lui son visage. C'était un de ces beaux visages, si rares, de vieille femme, à la carnation douce et calme : chacune des innombrables petites rides y exprimait la bonté et l'affection. Et toutes ces rides étaient entourées par les plis, innombrables eux aussi, d'un bonnet blanc comme la neige.

— Tiens, te voilà déjà, Victor, j'ai oublié de te tenir le lait au chaud. Tout est encore sur le feu, mais il est sûrement éteint. Attends, je vais le rallumer.

— Je n'ai pas faim, mère, dit Victor : avant de partir, j'ai mangé chez Ferdinand deux tranches de viande froide du souper d'hier qu'on n'avait pas encore desservi.

— Mais si, tu as sûrement faim, répondit la femme. Tu as marché quatre heures durant dans l'air du matin, et tout ça à travers la forêt humide.

— Oh, la grande prairie n'est pas si loin que ça !

— Bien sûr, tu cours toujours, toi, et tu crois que les pieds sont éternels, mais ils ne dureront pas éternellement, et en marchant, tu ne remarques pas la fatigue. Mais reste assis quelques temps, et tu verras si tes pieds te font mal.

Sans rien ajouter, elle alla à la cuisine. Victor, lui, s'assit.

Lorsqu'elle fut revenue, elle reprit :

— Tu es fatigué ?

— Non, répondit-il.

— Mais si, pour sûr, tu es fatigué. Attends quelques instants, je vais te faire réchauffer tout ça.

Victor ne répondait pas ; penché vers le chien Spitz qui était entré derrière lui, il flattait du plat de la main les longs poils de l'animal. Celui-ci, dressé sur ses pattes, ne cessait de le regarder affectueusement dans les yeux. Et Victor le caressait toujours au même endroit, auquel son regard restait fixé, comme si son cœur ressentait soudain quelque chose de très lourd et de très profond.

La mère, pendant ce temps, continuait de vaquer à ses occupations. Elle ne chômait pas. La poussière se trouvait-elle hors de portée, elle l'atteignait en se mettant sur la pointe des pieds. Elle prenait grand soin des moindres objets, fussent-ils les plus inutiles ou les plus vieux. Sur un bahut se trouvait un jouet d'enfant, depuis longtemps hors d'usage, dont personne peut-être ne se servirait plus. C'était un sifflet rond, dans le creux duquel on pouvait entendre remuer de petites boules. Elle l'essuya précautionneusement et le remit à sa place. Elle parut alors remarquer le silence qui régnait autour d'elle :

— Pourquoi ne racontes-tu rien ?

— Parce que je n'ai plus de goût à rien, répondit Victor.

La femme ne répondit pas le moindre mot, continuant seulement à essuyer et à secouer régulièrement son chiffon par la fenêtre ouverte.

Quelques instants plus tard, elle reprit simplement :

— Je t'ai déjà préparé la valise et les caisses. C'est à cela que j'ai travaillé hier pendant ton absence. J'ai plié tes vêtements, il n'y a plus qu'à les mettre dans la valise. J'y ai mis aussi le linge propre et raccommodé. Les livres, il faut que tu t'en occupes toi-même ; vois aussi ce que tu veux mettre dans ton sac de voyage. Je t'ai acheté une valise de cuir fin, puisque tu as dit un jour qu'elles te plaisaient tant... Mais enfin, où veux-tu donc aller, Victor ?

— Faire mes bagages.

— Mon Dieu, mon enfant, tu n'as encore rien

mangé, attends donc un instant. Maintenant, c'est sûrement chaud.

Victor attendit. Elle sortit et rapporta deux petits pots, une coupe, une tasse et un morceau de brioche, le tout posé sur un plateau rond et propre aux rebords de laiton. Elle déposa la collation, remplit la tasse, goûta pour voir si c'était bon et suffisamment chaud, puis elle poussa le tout en direction du jeune homme. Elle avait bien fait d'en croire son expérience, car l'adolescent, qui au début n'avait goûté que du bout des lèvres, s'attabla enfin et mangea avec tout l'appétit propre à la jeunesse.

Elle avait entre-temps fini son travail et, pliant ses chiffons, lui jetait en souriant des regards plein d'affection. Quand il eut fini de manger, elle donna les restes à Spitz, et rapporta les plats et les couverts à la cuisine où la domestique les nettoierait à son retour de la ville où elle était allée faire les courses de la journée.

Revenue de la cuisine, la femme s'adressa à Victor :

— Voilà. Maintenant que tu t'es restauré, écoute-moi. Si j'étais vraiment pour toi une mère, comme tu m'appelles toujours, je serais très fâchée contre toi, Victor. Ecoute : tu as dit en arrivant que tu n'avais plus de goût pour rien, et ce n'est pas bien. Tu ne comprends pas encore à quel point cela est injuste. Même si ce qui t'attend devait t'attrister, tu ne devrais pas parler de la sorte. Regarde-moi, Victor : moi qui ai bientôt soixante-dix ans, je me refuse encore à dire que je n'ai plus de goût à rien. On doit se réjouir de tout, oui de tout. Le monde est si beau, il devient même de plus en plus beau aussi longtemps qu'on vit. Je dois simplement t'avouer, et toi-même tu t'en rendras compte avec l'âge, que quand j'avais dix-huit ans, je me disais à chaque instant : « Je n'ai plus de goût à rien » ; et je me disais encore la même chose lorsqu'une joie que je m'étais promise m'était tout à coup refusée. Alors, sans songer à quel point le temps est un bien précieux, je souhaitais ne plus le sentir s'écouler jusqu'à la prochaine joie. Mais quand on vieillit, on apprend à apprécier les choses, y compris ce temps qui ne cesse de raccourcir. Tout ce que Dieu envoie — et il suffit simplement d'y réfléchir —, tout ce qu'il donne n'est que joie. La douleur, c'est nous et personne d'autre qui l'ajoutons. N'as-tu pas vu en entrant que le long de la barrière, la salade, dont hier il n'y avait pas même trace, est déjà toute sortie aujourd'hui ?

— Non, je ne l'avais pas remarqué, répondit Victor.

— Je m'en suis aperçue avant le lever du soleil, et je m'en suis réjouie, dit la femme. Je vais même dorénavant m'arranger pour que personne ne puisse dire de moi qu'il m'ait vue pleurer une larme de douleur, même s'il m'arrivait de souffrir, ce qui n'est pourtant qu'une autre sorte de joie. Dans ma jeunesse, j'ai eu de grandes, grandes peines, des peines brûlantes ; mais elles ont toutes tourné à mon profit et à mon avantage, elles ont même souvent contribué à mon bonheur ici-bas. Je te dis tout cela, Victor, parce que tu vas bientôt partir. Tu devrais remercier Dieu, mon enfant, d'avoir à toi ces jeunes membres et ce corps sain, et de pouvoir t'en aller au-devant de toutes les joies, de toutes les allégresses. Tu vois, tu n'as pas de fortune. Ton père est en grande partie responsable du destin tragique qui l'a frappé ici-bas ; dans l'autre monde il connaît certainement la félicité car c'était un homme bon, qui avait le cœur tendre, tout comme toi. Lorsque, aux termes du testament de feu ton père, on t'a conduit à moi pour vivre ici et y apprendre ce qu'on pourrait plus tard te demander en ville, tu n'avais pour ainsi dire rien. Mais tu as grandi et tu as même obtenu cette charge que tant d'autres ont recherchée et qu'ils t'envient. Que tu doives partir maintenant, cela n'est rien, c'est dans l'ordre de la nature car tous les hommes doivent quitter leur mère et doivent agir. Il ne t'est arrivé jusqu'ici que de bonnes choses. C'est pourquoi tu devrais remercier Dieu qui t'a donné tout cela, et tu devrais être humble, car si tu méritais de telles choses, elles n'en sont pas moins un don. Vois-tu, Victor, en pensant à tout cela, si j'étais vraiment ta mère, ta façon de parler me fâcherait, parce que tu ne fais pas confiance à Dieu, Notre-Seigneur à tous ; mais je ne suis pas ta mère, et je ne sais pas si je t'ai fait assez de bien, si je t'ai assez aimé pour avoir moi aussi le droit de me mettre en colère et te dire : « Mon enfant, cela n'est pas juste, cela n'est pas bien du tout. »

— Mère, mais je ne l'ai pas du tout pris comme vous l'entendez, fit Victor.

— Je le sais, mon enfant, ne te tourmente pas trop pour ce que je t'ai dit, reprit la mère. Je dois te dire aussi, Victor, que tu n'es pas aussi pauvre que tu le penses. Je t'ai souvent dit combien j'avais été effrayée, je veux dire effrayée de joie, lorsque j'ai appris que ton père avait inscrit dans son testament que tu devais être élevé auprès de moi. Il me connaissait bien et avait confiance en moi. Je crois qu'il n'aura pas été trompé.

« Victor, mon cher enfant, mon enfant bien-aimé, je vais maintenant te dire ce que tu possèdes. Du linge de corps — c'est la partie la plus choisie de nos vêtements, parce qu'elle est la plus proche de notre corps, qu'elle garde au chaud et en bonne santé — tu en as tant que tu peux en changer chaque jour, comme tu as appris à le faire avec moi. Nous avons tout ravaudé, de sorte qu'il n'y a pas un fil d'abîmé. Pour l'avenir, tu auras toujours ce dont tu as besoin. Hanna est dehors, en train de blanchir des pièces de drap dont la moitié t'est déjà réservée, et le tricot, la couture, le raccommodage qui restent à faire, c'est nous qui allons nous en charger pour toi. Tu as un autre costume encore ; tu peux t'habiller de trois façons différentes sans compter ce que tu portes déjà sur toi. Toutes tes affaires sont mieux apprêtées qu'elles ne l'ont jamais été ; car vois-tu Victor, un homme qui va prendre son premier poste est comme un fiancé dont on prépare la corbeille — il doit être comblé comme l'est un fiancé. L'argent qu'on a été obligé de me donner tous les ans pour ton entretien, je l'ai placé et j'y ai toujours ajouté les intérêts. Tout cela est à toi maintenant, Victor. Ton tuteur ne le sait pas et il n'a pas besoin de le savoir, car il faut aussi que tu aies de l'argent pour toi que tu puisses dépenser quand tu seras avec d'autres, ainsi tu n'auras pas le cœur gros. Et si ton oncle t'arrache la petite propriété qui te reste encore, ne te désole pas, Victor, car elle est grevée de dettes au point qu'il n'est plus une seule tuile qui t'appartienne. Je suis allée au cadastre me faire tout montrer pour toi, afin d'en avoir le cœur net. De temps à autre, je t'enverrai un petit subside. Ainsi, tout sera bien. Le voyage qui te mènera chez ton oncle, il faut que tu le fasses avant d'entrer en fonctions, il le souhaite si fort ! Qui sait à quoi cela est bon ? Tu ne peux pas encore comprendre. Ton tuteur trouve aussi nécessaire que tu fasses ce voyage à pied jusque chez l'oncle. As-tu parlé hier à Rosina ?

— Non, mère. Nous sommes revenus tard le

soir, nous avons dîné dans la chambre de Ferdinand et aujourd'hui, je suis parti au lever du jour, il y avait tellement à faire. Mon tuteur a dit que je devais prendre la route en passant par la ville, et profiter de l'occasion pour prendre congé de tous.

— Vois-tu, Victor, de Rosina, un jour, tu pourras faire ta femme, si tu réussis dans ta carrière. Elle est très belle et, penses-y, son père est puissant. Il s'est acquitté avec zèle et honnêteté de la charge pesante d'être ton tuteur et il ne t'est pas hostile. Il a toujours éprouvé beaucoup de joie quand tu réussissais à tes examens. Mais laissons cela, ce mariage n'est pas pour demain. Ton père aurait pu avoir une tout aussi bonne situation, meilleure même ; car c'était un esprit puissant — seulement eux ne le savaient pas. Ta propre mère, elle-même, ne l'a pas su. Et il était bon, si bon, qu'il m'arrive encore de penser à son bon cœur. Ta mère aussi était très gentille et très pieuse, seulement elle est morte bien trop tôt pour toi. Ne sois pas triste, Victor, monte maintenant dans ta chambre et mets tout en ordre. Les vêtements, il est inutile de tirer dessus et de les maltraiter, ils sont déjà tout prêts à être rangés dans la malle. Prends garde en les y mettant que rien ne soit froissé. Voilà. Avant de monter, Victor, écoute encore une prière de ta mère adoptive : si aujourd'hui ou demain tu vois encore Hanna, aie une bonne parole pour elle, car il est triste que vous ne vous soyez pas toujours bien entendus. Allons, Victor, va maintenant : une journée ne dure pas bien longtemps.

Le jeune homme ne répondit rien à ce discours, mais il se leva et sortit avec les gestes de celui qui a le cœur plongé dans la détresse. Souvent lorsque les mouvements de l'âme sont violents, ceux du corps aussi deviennent maladroits : de l'épaule, Victor heurta l'embrasure de la porte. Spitz, le chien, monta l'escalier avec lui.

En haut, dans cette chambre où il avait vécu tant d'années, ce fut d'abord bien triste ; car rien n'était plus comme au temps où les jours avaient leur rythme habituel. Une seule chose était encore comme avant : le grand buisson de sorbier sur lequel donnaient ses fenêtres, et l'eau qui coulait en bas, renvoyant contre le plafond de sa chambre un fin reflet tremblant. Les montagnes aussi étaient encore là : ensoleillées, silencieuses et protectrices, elles entouraient la vallée ; et le verger au fond du vallon, qui environnait, abondant et fourni, le village auquel il promettait de riches récoltes. Et le tout baignait dans l'air chaud et calme, immobile entre les montagnes.

Mais tout le reste avait changé. Les tiroirs et les compartiments des commodes étaient grands ouverts et vides, leur contenu posé sur les meubles : le linge de lin d'un blanc éclatant, rangé par pièces, puis les vêtements, proprement pliés et mis en piles, d'autres objets encore qui devaient les uns être rangés dans la malle, les autres trouver place dans le petit havresac déjà ouvert et qui attendait sur un fauteuil. Sur le lit, des objets qu'il ne connaissait pas, et par terre la malle dont les courroies étaient défaites, au beau milieu des papiers ; seule la montre-gousset, accrochée à sa place habituelle, faisait entendre son tic-tac. Sur les étagères, les livres attendaient d'être utilisés. Victor voyait tout cela, mais il ne faisait rien. Au lieu de s'occuper de ses bagages, il s'était assis sur une chaise qui se trouvait dans un coin de la pièce ; il serrait Spitz contre son cœur et demeurait sans bouger.

Par la fenêtre ouverte, il entendit l'horloge du clocher qui sonnait, il ne put savoir combien de coups. En bas dans le jardin, on entendait chanter la servante qui était revenue. Par moments un scintillement s'élevait sur les montagnes lointaines, comme provoqué par le reflet d'une pièce de monnaie ou d'un tesson de verre. Le tremblement de lumière au plafond de la chambre avait cessé, car le soleil était déjà trop haut. On entendait la corne du berger qui menait son troupeau sur les montagnes. L'horloge sonna encore : l'adolescent était toujours assis sur sa chaise et le chien, devant lui, le regardait immobile.

Lorsqu'il entendit enfin le pas de sa mère dans l'escalier, il se leva d'un bond et se précipita sur ses affaires. Il ouvrit à la volée les portes de sa bibliothèque et commença vite à entasser les livres par piles sur le sol. Mais la femme passa seulement un peu la tête par la porte entrebaillée, et le voyant si occupé se retira sur la pointe des pieds. Lui, comme il s'était mis à la tâche, continua ensuite à travailler sans relâche.

Il retira tous les livres des deux bibliothèques, qu'il vida complètement ; à présent les rayonnages déserts regardaient la pièce. Puis il ficela les piles de livres et les mit dans une caisse toute prête ; il en vissa le couvercle et y inscrivit une adresse. Puis ce fut le tour des papiers. Il tira tous les tiroirs du bureau et des deux autres tables et il examina l'une après l'autre les feuilles qui s'y trouvaient. Sur certaines il ne jeta qu'un vague coup d'œil, se contentant de les mettre à tel endroit pour les emballer aussitôt. Il en lut d'autres, les déchira et les jeta par terre ; d'autres encore furent rangées dans la poche de sa veste ou dans son portefeuille. Enfin, lorsque tous les tiroirs furent vides et que leur fond ne montra rien d'autre que la triste poussière qui s'y était accumulée durant toutes ces longues années, et les fentes qui pendant ce temps s'étaient ouvertes dans le bois, il fit des paquets de tous les papiers qui étaient par terre et les mit dans la malle. Puis ce fut le tour des vêtements. Des souvenirs de jadis, comme ce petit chandelier en argent, cet étui avec une chaîne en or, cette longue-vue, deux petits pistolets, et sa flûte bien-aimée enfin : il plaça tout cela bien à l'abri dans du linge, après quoi il rabattit le couvercle, attacha les courroies, ferma la serrure et colla encore une adresse. La malle et la caisse seraient expédiées, mais le petit havresac qui se trouvait encore posé sur la chaise devait contenir les objets qu'il emporterait dans son voyage à pied. Il le remplit rapidement et en serra les courroies.

Tout cela terminé, il regarda une fois encore dans la pièce pour voir si rien n'y restait posé ou accroché qu'il aurait dû emballer : mais il n'y avait plus rien et la chambre le contemplait, dévastée. Parmi le fouillis des objets qu'il ne connaissait pas et des meubles devenus pour ainsi dire étrangers, il ne lui restait de familier que le lit, lui aussi couvert de poussière et de papiers déchirés. Il resta ainsi quelque temps immobile à regarder Spitz qui avait jusque-là suivi toute cette activité les yeux remplis de suspicion et qui, ne perdant pas un seul de ses gestes, s'était chaque fois écarté à gauche ou à droite selon qu'il gênait le jeune homme. Il se tenait à présent immobile devant lui, et levait les yeux comme s'il demandait : « Et maintenant ? »

Mais Victor se borna à s'essuyer le front, prit une brosse, enleva la poussière de ses vêtements et descendit l'escalier.

Du temps avait passé, et en bas ce n'était déjà plus comme tout à l'heure. Il n'y avait personne dans la salle. Le soleil du matin, qu'en arrivant de la ville, il avait vu si gaiement briller et iriser les rideaux, était maintenant au zénith, juste à la verticale du toit, faisant rayonner sa lumière chaude et éblouissante sur le bois gris. Les arbres du verger étaient immobiles, leurs feuilles luisantes, toutes trempées le matin, avaient séché ; à présent elles étaient toutes mates, et ne bougeaient même pas alors que les oiseaux picoraient dans les branches.

Les rideaux étaient tirés, et par les fenêtres ouvertes on voyait la campagne chaude. Dans la cuisine, le feu flambait sans faire de fumée, et la servante travaillait à ses fourneaux. Tout était plongé dans ce profond silence qui faisait autrefois dire aux païens : « Pan sommeille ».

Dans la cuisine, Victor demanda où était la mère.

— Dans le jardin ou ailleurs, répondit la servante.

— Et Hanna, reprit-il ?

— Elle était là il y a quelques instants, répondit la servante, je ne sais pas où elle est allée.

Victor se rendit dans le jardin et marcha entre les plates-bandes bien nettes qui lui étaient si familières, et où bourgeonnait et verdoyait une végétation variée. Le jardinier était en train de planter et son petit garçon était comme d'habitude à la pompe. Victor demanda où était la mère : on ne l'avait pas vue au jardin. Il continua son chemin, passant à côté des groseilliers, des framboisiers, des arbres fruitiers, longeant les haies. L'herbe haute poussait entre les troncs. Près de la serre dont les fenêtres étaient ouvertes à la chaleur, une voix lui parvint : « Victor, Victor ! »

L'interpellé, que son fiévreux rangement avait partiellement distrait du chagrin de partir, tourna à cet appel un visage plus serein vers les serres. Une svelte et belle jeune fille se trouvait là qui lui faisait signe. Il prit une allée qui l'amena rapidement jusqu'à elle.

— Victor, lui dit-elle, quand il fut parvenu à sa hauteur, tu es déjà là, je n'en savais rien, quand donc es-tu arrivé ?

— Très tôt ce matin, Hanna !

— Je suis allée faire des courses avec la servante, et je ne t'ai pas vu arriver. Qu'as-tu fait après ?

— J'ai emballé mes affaires dans ma chambre.

— Mère, du reste, ne m'a pas dit non plus que tu étais déjà rentré, alors j'ai pensé que tu avais dû dormir tard et que tu ne viendrais de la ville que cet après-midi.

— Eh bien, ce que tu pensais était absurde, Hanna ! Crois-tu que je dorme, moi, jusqu'en plein jour, ou que je sois une mauviette qui a besoin d'un jour de sommeil pour se remettre de la promenade de la veille, ou encore que je sois assez fou pour me promener à la chaleur de midi ?

— Pourquoi n'as-tu pas même levé la tête hier vers nos fenêtres lorsque vous êtes passés ?

— Parce que nous fêtions l'anniversaire de Ferdinand et que nos parents nous avaient accordé toute notre journée pour nous. Aussi n'avions-nous ni père, ni mère, ni personne pour nous donner des ordres. Ainsi notre village était simplement l'endroit où nous avions décidé de déjeuner : il est si beau, voilà tout ! Tu comprends cela.

— Non, car moi j'aurais tout de même regardé.

— Parce que tu mélanges tout, parce que tu es curieuse et que tu ne sais pas te dominer. Où donc est mère ? J'ai quelque chose de capital à lui dire : je n'avais pas encore tous mes esprits quand elle m'a parlé, mais maintenant je sais bien ce que je dois répondre.

— Elle étend le linge.

— Il faut que j'aille la voir.

— Eh bien, va, Victor, dit la jeune fille, et elle disparut en contournant la serre.

Victor, sans faire particulièrement attention à elle, gagna aussitôt le pré où on étendait le linge, ce pré qu'il connaissait si bien. C'était derrière le jardin, un endroit où l'herbe était à la fois courte et veloutée ; le linge étendu y formait de longues bandes. La mère était en train de contempler avec sympathie cette neige à ses pieds. Parfois elle tâtait de la main pour voir si telle pièce était déjà sèche ; ou bien elle rattachait un nœud à l'un des crochets qui tendaient la toile sur le sol ; ou encore elle se faisait un auvent du plat de la main et contemplait les environs.

Victor s'approcha d'elle.

— Es-tu déjà prêt, dit-elle, ou bien reste-t-il encore quelque chose à faire cet après-midi ? C'est un gros travail, n'est-ce pas, même si ça n'en a pas l'air ? Aujourd'hui tu as beaucoup marché, le reste, fais-le après le dîner ou demain. Hier j'aurais très bien pu tout emballer moi-même, je voulais le faire d'ailleurs mais j'ai pensé : il faut qu'il le fasse lui-même pour qu'il apprenne.

— Non, mère, répondit-il, je n'ai rien laissé, je suis déjà prêt.

— Vraiment ? fit la mère, fais voir,

Elle lui prit alors le front et il se pencha un peu sur elle ; elle effleura une de ses boucles de cheveux qui s'étaient déroulées et lui dit :

— Tu t'es fort échauffé.

— La journée est déjà si chaude.

— Non, non, ça vient aussi du travail. Si tu as déjà tout emballé, aujourd'hui et demain il te faudra garder sur toi tes vêtements de voyage ; et qu'est-ce que tu vas faire ?

— Je vais remonter le ruisseau, longer la lisière des hêtres et me promener çà et là. Les vêtements, je les garde. Mais c'est pour autre chose que je suis venu, mère, et j'aimerais vous parler un peu, mais vous allez vous fâcher.

— Ne m'effraie pas mon enfant, et parle. Veux-tu encore quelque chose ? Te manquerait-il quoi que ce soit ?

— Non, rien ne me manque, il y en a plutôt trop. Ce matin vous m'avez fait un discours que j'ai eu un peu de mal à accepter et que maintenant je ressasse.

— De quel discours veux-tu parler ?

— Vous avez dit que pour mon entretien on vous avait alloué une certaine somme, que vous deviez recevoir tous les ans. Vous m'avez bien dit avoir reçu cet argent, que par ailleurs vous auriez placé pour moi et auquel vous auriez à chaque fois ajouté les intérêts.

— Oui, c'est ce que j'ai dit, et c'est ce que j'ai fait.

— Or, voyez-vous, mère, ma conscience me dit que ce ne serait pas bien si j'acceptais cet argent de vous, parce qu'il ne me revient pas. Aussi suis-je venu vous le dire, sans attendre, pour ne pas avoir à vous signifier un refus. J'espère tout de même que vous n'êtes pas fâchée ?

— Non, je ne suis pas fâchée, dit-elle en le regardant, les yeux brillants de joie. Mais ne fais pas le sot, Victor ! Tu te rends bien compte que ce n'est pas pour l'argent que je t'ai pris dans ma maison ; jamais je n'aurais pris un enfant pour de l'argent. C'est pourquoi ce qui reste tous les ans de cet argent t'appartient légalement. Ecoute-moi, je vais t'expliquer. Les vêtements, c'est ton tuteur qui te les a procurés ; pour ce qui est de la nourriture, tu n'as jamais causé de dépenses. Tu mangeais à peine, comme un oiseau ; et les légumes, les fruits et tout le reste, nous le produisions nous-mêmes. Vois-tu maintenant ? Et que je me sois prise d'une telle affection pour toi, ton père ne me l'a pas demandé, cela non plus n'était inscrit dans aucun testament, et tu n'y peux rien. Comprends-tu maintenant ?

— Non, je ne le comprends pas et d'ailleurs ce n'est pas ainsi. Vous êtes simplement encore une fois trop bonne et vous remplissez mon cœur de honte. Si après déduction des frais il devait vraiment rester chaque année quelque chose, et si vous l'aviez mis de côté pour moi, cela seul déjà aurait été amour et bonté ; or vous dites que tout a été mis de côté, ce qui fait mal à entendre. Déjà vous avez fait au-delà de ce qui est raisonnable : non seulement vous m'avez donné une belle chambre mais vous y avez aussi mis tout ce que j'aimais, tout ce qui m'était cher ; vous m'avez donné la nourriture et la boisson et vous n'avez eu que la peine. Et tout ce trousseau, c'est encore vous qui l'avez acheté ; c'est sur vos champs et vos jardins que vous économisez le beau linge qui se trouve dans ma malle. Et si même j'avais tout ce dont j'avais besoin, vous y ajoutiez encore quelque chose. Et quand j'avais cela encore, vous me glissiez chaque jour autre chose, uniquement pour me faire plaisir. Vous m'avez plus aimé que Hanna !

— Non, mon Victor, tu es injuste. Tu ne comprends pas encore. Ce qui ne vient pas du cœur n'y retourne pas. Hanna est ma fille par le sang, je l'ai portée dans mon sein, sous mon cœur qui battait à la rencontre du sien. Je lui ai donné le jour sur le tard : j'aurais pu être sa grand-mère. Mais tout âgée que j'étais, j'ai eu ce bonheur en partage. Affligée par la mort de son père, je l'ai mise au monde avec joie, puis je l'ai élevée, et c'est pourquoi elle m'est d'autant plus chère. Mais toi aussi je t'ai beaucoup aimé, Victor. Depuis que tu es arrivé dans cette maison, où tu as grandi, je t'aime. Souvent il m'a semblé que je t'avais vraiment porté dans mon sein, d'ailleurs j'aurais en vérité dû le faire ; ce fut la volonté de Dieu s'il en a finalement été autrement. Je te raconterai cela quand tu sera plus grand. Enfin il faut que je te dise, pour faire honneur à Dieu et à la vérité : je vous aime également tous les deux. Pour ce qui est de l'argent, Victor, nous allons procéder ainsi : on ne doit aller contre la conscience de personne et je ne veux pas te forcer. Laissons cet argent en dépôt là où il est, je vais stipuler par écrit qu'il vous soit remis à Hanna et à toi plus tard lorsque vous serez majeurs. Alors vous pourrez le partager et en disposer comme vous l'entendrez. Cela te convient-il, Victor ?

— Oui, ainsi je pourrai tout lui donner.

— Laisse cela pour l'instant, quand le moment sera venu tu verras bien ce qu'il y a lieu de faire. Mais je veux répondre encore à autre chose, Victor. Si je t'ai fait des gentillesses en secret, je les ai aussi faites à Hanna. C'est ainsi que font les mères. Lorsque tu es entré dans cette maison, la bénédiction semble y être entrée avec toi. J'ai pu annuellement économiser pour Hanna plus qu'il n'est d'usage. On prend mieux et plus habilement soin de deux enfants que d'un seul. Et là où Dieu en bénit deux, il en bénit trois. O Victor ! le temps a passé bien vite depuis que tu es là. Quand je pense à ma propre jeunesse, je me dis : « Où sont donc passées toutes ces années et comment se fait-il que je sois devenue si vieille ? » Tout est pourtant encore si beau ! C'est comme hier : les montagnes sont encore là, le soleil les éclaire, et les années ont passé comme si elles n'avaient été qu'un seul jour. Si cet après-midi comme tu l'as dit ou demain tu montes encore une fois dans la forêt, alors cherche donc un endroit — on pourrait presque le voir d'ici — tu vois là-haut, là-haut le ravin où la lumière paraît descendre en ruisselant sur les hêtres. L'endroit a de l'importance en ce qui te concerne. Il y jaillit une petite fontaine dont l'eau s'en va dans le ravin, une pierre plate traverse le ruisseau, non loin d'un très vieux hêtre qui étend une longue branche basse où l'on peut pendre du linge ou accrocher son chapeau.

— Je ne connais pas l'endroit, mais si vous le voulez, je vais y aller, je trouverai.

— Non, Victor, cet endroit m'importe plus qu'à toi ; toi, tu en connais sûrement d'autres, bien plus chers à tes yeux. Laissons cela. Rassure-toi, ne pense plus à l'argent et ne sois pas triste. Je le sais, la douleur de la séparation est déjà en toi, tout résonne en toi plus profondément qu'il ne le faudrait. Tu as dit que tu voulais aujourd'hui encore monter jusqu'au bois de hêtres : mais as-tu remarqué qu'au jardin pas un rameau ne bouge et que les couronnes des arbres sont comme figées dans l'air ? Il pourrait bien y avoir de l'orage, ne va pas trop loin.

— Je n'irai pas trop loin. Je connais l'orage, s'il y en a un qui s'annonce, je rentrerai.

— Oui, Victor, c'est cela. Veux-tu encore venir un instant avec moi dans la salle — c'est bientôt midi — ou préfères-tu te promener par ici jusqu'à l'heure du repas ?

— Je préférerais rester un peu ici au jardin.

— Reste, je vais refaire les nœuds et voir si la volaille n'a pas sali le linge comme à son habitude.

Il resta encore quelque temps auprès d'elle à la regarder faire, puis s'en alla au jardin, et elle le suivit des yeux.

Là-dessus, elle resserra les nœuds l'un après

l'autre. Elle essuya l'empreinte d'une patte d'oie sur une pièce de lin, souleva çà et là le linge pour l'empêcher de trop adhérer à l'herbe, et chaque fois qu'elle levait les yeux elle regardait Victor. Elle le voyait debout devant un buisson du jardin, puis devant un autre, ou bien faisant les cent pas, ou encore regardant par-dessus la clôture. Cela dura jusqu'à ce que retentît soudain, dans l'air chaud et silencieux, la cloche de midi, invitation à prier pour la communauté aussi bien que pour la maison, et signal familier de la réunion autour de la table. La mère vit encore Victor se retourner à la sonnerie et s'avancer vers la maison. Elle le suivit.

Lorsque le jeune homme entra, il vit qu'entretemps des invités étaient arrivés, savoir le tuteur et sa famille. Comme il arrive souvent en ces occasions, on avait voulu faire une surprise à Victor, et en profiter pour passer une journée à la campagne.

— Vois, mon cher pupille, dit le tuteur à l'adolescent stupéfait, notre gentillesse : nous voulons aujourd'hui te voir encore une fois et faire une petite fête d'adieu. Tu pourras ainsi dès après-demain, ou quand tes préparatifs de voyage seront terminés, aller tout droit à travers monts, sans, comme nous en étions convenus, passer par la ville pour prendre congé de nous. Jouis donc à plein de tes derniers jours de liberté avant de plier sous le joug du pénible labeur.

— Je te salue, fils, dit l'épouse, embrassant sur le front Victor qui voulait lui baiser la main.

— Les choses s'arrangent bien, n'est-ce pas, dit Ferdinand, le fils, en secouant la main de son ami ?

Rosina, une très jolie fillette de douze ans, vraiment, se tenait un peu en retrait. Elle regardait amusée autour d'elle, sans rien dire.

La mère nourricière de Victor avait certainement été mise au courant de la visite car la table était dressée pour tous les présents. Elle salua chacun d'un mot aimable à son arrivée, plaça les invités et dit :

— Tu vois, Victor, comme tout le monde t'aime.

On apporta les plats et le repas commença.

Le tuteur et sa femme étaient assis au haut bout de la table, à côté de Rosina on plaça Hanna, la sœur de lait de Victor ; face aux jeunes filles se tenaient les garçons, et au bas bout de la table la mère, qui recevait et devait donc se lever et sortir assez souvent.

On savoura des plats campagnards.

Le tuteur raconta des aventures de voyage qu'il avait vécues lorsqu'il était encore écolier, il donna des conseils pour jouir du monde l'esprit heureux et en repos, et précisa à Victor comment se comporter en maintes occasions. L'épouse du tuteur fit allusion à une future fiancée et Ferdinand dit qu'il rendrait bientôt visite à son ami, dès que celui-ci serait installé. Victor parla peu, promit de suivre tous les conseils que son tuteur lui prodiguait. La lettre que celui-ci lui donna pour l'oncle chez qui il allait maintenant se rendre à pied — comme l'oncle lui-même, par une exigence quelque peu étrange et égoïste, le lui avait demandé — cette lettre, il promit de la garder soigneusement et de la remettre dès son arrivée.

Comme le soir venait, les hôtes se mirent en route. Ils se firent précéder de leur voiture. Ils l'avaient laissée à l'auberge, à l'endroit où l'étroit vallon débouchait dans l'autre vallée, plus vaste. L'hôtesse, Victor et Hanna les accompagnaient.

— Vivez heureuse, madame Ludmilla, dit le tuteur lorsqu'il monta en voiture, porte-toi bien, Victor, et fais bien tout ce que je t'ai dit.

Quand il fut installé, que Victor eut encore une fois dit merci et que l'on eut renouvelé les adieux, les chevaux prirent leur élan.

Il était maintenant trop tard pour que Victor pût aller bien loin dans la forêt. Il resta donc à la maison, parcourut à nouveau le jardin, et s'en alla examiner encore une fois tout ce qu'il avait mis dans son havresac.

Séparation

La journée suivante, la dernière que Victor devait passer dans cette maison, n'apporta rien d'extraordinaire. On continua à emballer ; on se remit à ranger ce qui était déjà en ordre, bref chacun fit ce qui se fait en pareille situation, tout comme si rien ne devait se passer. La matinée fut ainsi bientôt écoulée.

Après le repas de midi, à peine s'était-on levé de table, Victor déjà s'en allait seul le long du ruisseau, à travers le pays ; il avait pris la direction des hêtres, et des grands rochers.

« Allons, laisse-le aller, laisse-le aller » se disait la vieille femme à haute voix, « il a sûrement le cœur lourd ».

— Mère, où donc est Victor ? demanda encore Hanna au cours de l'après-midi.

— Il est allé faire ses adieux aux environs. Mon Dieu ! il n'a rien d'autre. Son tuteur, aussi prévenant soit-il, est tout de même très loin de lui, et il en va de même des proches de cet excellent homme.

Hanna ne répondit rien, elle ne prononça pas la moindre syllabe de commentaire et disparut dans les buissons de prunelliers.

Le reste de l'après-midi passa comme à l'accoutumée : dans la maison chacun vaquait à ses travaux ; les oiseaux ne cessaient de siffler dans les branches, les poules allaient et venaient dans la cour ; herbes et plantes continuaient de grandir, quant aux montagnes, elles s'ornaient de l'or du soir.

Le soleil eut bientôt quitté les hauteurs du ciel et ne fut plus qu'une coupole d'or pâle au-dessus de la vallée, signe riche de présages. Riche de présages car le lendemain, cette coupole d'or pâle dans le matin serait suspendue au-dessus de la vallée et conduirait loin et à jamais dans sa course celui qui était ici tant aimé. C'est au moment où cet or brillait encore de tous ses feux au-dessus du vallon que Victor revint de la promenade à laquelle il s'était décidé si vite, sitôt le repas terminé. Il longea la clôture du jardin jusqu'à la petite porte qui ouvrait sur le pré où l'on faisait sécher le linge. Les pièces de lin blanc ne s'y trouvaient plus, seule l'herbe, plus verte et toute mouillée par endroits, en marquait encore la place. Les châssis sur les plates-bandes avaient été recouverts, car le ciel sans nuages promettait une nuit fraîche ; une petite colonne de fumée s'élevait de la maison : c'était sans doute la mère qui s'occupait déjà du souper. Victor avait tourné son visage vers le ciel du soir qui l'éclairait doucement, l'air plus frais baignait sa chevelure et ses yeux noyés de tristesse reflétaient le ciel.

Hanna l'avait vu passer tout près d'elle : elle était debout près de la clôture, à l'intérieur du jardin, mais elle n'avait pas eu le courage de lui adresser la parole. La jeune fille était occupée à retirer d'un buisson hérissé de branches émondées des pièces de vêtement teintes qu'on avait mises là à sécher pendant le jour. Elle les retira l'une après l'autre et en fit un petit tas. Un instant plus tard elle se retourna encore et aperçut Victor dans le jardin près de la grande haie d'aubépines.

Elle le revit encore près de la haie de sureau bleu qui avait déjà ses bourgeons. Mais le sureau était bien plus près d'elle que la haie d'aubépines. Il finit par s'approcher et par lui dire :

— Je vais t'aider à porter tout ça à la maison, Hanna !

— Mais non, je te remercie, Victor, répondit-elle, ce ne sont que quelques légers chiffons que j'ai teints et que j'ai fait sécher ici.

— Le soleil ne te les a-t-il pas trop déteints ?

— Non, ce bleu-là, il faut le mettre au soleil,

surtout au soleil de printemps, cela ne peut que l'embellir.

— Alors est-ce qu'il a embelli ?

— Regarde.

— Mais je n'y entends rien !

— Il n'est pas devenu aussi beau que les rubans de l'an dernier, mais c'est un beau bleu tout de même.

— C'est de la soie très fine.

— Très fine.

— Est-ce qu'il en existe de plus fines encore ?

— De bien plus fines que ça.

— Tu aimerais avoir beaucoup de belles robes de soie ?

— Non. Pour les fêtes bien sûr, c'est magnifique, mais comme on n'a pas tellement besoin de vêtements de fête, je n'ai pas tellement envie de soie. Les autres robes sont belles aussi, et puis la soie, ça fait toujours un peu guindé.

— Le ver à soie est une bien malheureuse créature, non ?

— Pourquoi ça, Victor ?

— Parce qu'il faut le tuer pour recueillir son fil.

— C'est ce qu'on fait ?

— Oui, on passe son cocon dans la vapeur bouillante où on l'enferme avec du soufre, et l'animal à l'intérieur meurt ; sinon il dévorerait les fils et en sortirait sous forme de papillon !

— Pauvre bête !

— Oui, et à notre époque, en plus, on le sépare de son pauvre pays natal, tu sais Hanna, là où il pourrait bien ramper sur ses mûriers ensoleillés. Une fois chez nous, il est enfermé, et on le nourrit de feuilles qui pourtant poussent dehors, elles, et qui de toute façon ne valent pas celles de son pays... Et les hirondelles et les cigognes et tous les autres oiseaux migrateurs, qui nous quittent à l'automne ! Peut-être vont-ils loin, dans des pays inconnus eux aussi, mais ils reviennent au printemps. Il faut décidément que le monde soit bien vaste !

— Mon pauvre Victor, ne dis pas des choses pareilles !

— Je voudrais te demander quelque chose, Hanna.

— Demande Victor.

— Je voudrais beaucoup te remercier, Hanna, de m'avoir tissé cette belle bourse. Les mailles en sont si fines, si douces au toucher, et les couleurs sont vraiment très belles ! Je l'ai mise de côté et je n'y serrerai aucun argent.

— Oh ! Victor, cela fait si longtemps que je t'ai donné cette bourse, ce n'est pas la peine de me remercier. Mets-y tranquillement ton argent, je t'en ferai une autre quand celle-ci sera abîmée, et ainsi de suite pour que tu n'en manques jamais ! Je t'ai fait cette fois-ci, pour ton départ, quelque chose de bien plus beau qu'un porte-monnaie, mais Mère voulait que je ne te le donne que ce soir, ou demain matin.

— Je suis content, Hanna, très content.

— Où as-tu été, tout l'après-midi, Victor ?

— J'ai remonté le ruisseau : je trouvais le temps tellement long. J'ai regardé l'eau descendre, sombre et rapide, vers notre village ; je l'ai regardé éviter sable et pierres pour aller le plus vite possible vers le village où elle ne s'arrête pourtant pas. Et j'ai observé la corniche de rochers qui se trouve là-haut et qui domine l'eau. Enfin je suis monté jusqu'au bois de hêtres, où les fûts seront beaux dans deux ans, et plus encore dans dix. Mère m'a parlé d'un endroit : une pierre plate au-dessus d'une petite source, tout près d'un vieux hêtre à grosses branches. Je n'ai pas pu le trouver.

— C'est la petite fontaine de la Combe-aux-Cerfs. Il y a des mûres là-bas, elles sont très bonnes ; je connais bien les lieux ; demain je t'y conduirai si tu veux ?

— Mais demain je ne serai plus là, Hanna !

— Ah ! oui ! demain tu n'es plus là. Et moi qui me dis sans cesse que tu es là pour toujours !

— Oh non, chère Hanna. Tiens, partageons-nous ces pièces de soierie, je vais t'aider à les porter jusqu'à la maison.

— Je ne sais pas ce que tu as aujourd'hui,

Victor ! Vois comme c'est léger : un enfant pourrait porter dix fois cela !

— Ce n'est pas parce que c'est lourd, je voudrais seulement t'aider à les porter.

— Alors portes-en la moitié, je vais les arranger. Si tu veux déjà rentrer à la maison, nous allons vite tout plier et rentrer.

— Non, non, je ne veux pas rentrer. Il n'est pas tard, j'aimerais encore rester au jardin. Tu sais, cette bourse, ce n'est pas la seule chose dont je voulais te parler.

— Et de quoi donc ? Parle, Victor.

— Les quatre pigeons que j'ai nourris jusqu'à ce jour : je sais qu'ils ne sont pas bien beaux, mais cela me navrerait si désormais personne ne les soignait plus.

— Je m'occuperai d'eux, Victor, j'ouvrirai leur pigeonnier le matin, et je le fermerai le soir ; je leur mettrai du sable et je leur donnerai moi-même à manger.

— Et puis il faut encore que je te remercie pour tout ce linge que je vais avoir !

— Mais, mon Dieu, ce n'est pas moi qui te le donne, c'est ma mère ; nous en avons assez dans nos coffres : ça ne se remarquera même pas !

— Et la petite boîte d'argent de ma pauvre mère, tu sais, celle qui a l'air d'une petite huche ajourée avec une petite clé ; elle t'a toujours tellement plu, je ne l'ai pas emballée, je te la laisse en cadeau.

— Non, elle est trop belle, je ne la prendrai pas.

— Je t'en prie, prends-la, cela me ferait tant plaisir !

— Si cela te fait vraiment un tel plaisir, je la prends ; je te la garderai jusqu'à ton retour, et j'en prendrai bien soin.

— Et les œillets le long de la clôture, les pauvres, tu les soignes aussi, entends-tu, et n'oublie pas Spitz le chien ; il est vieux, c'est vrai, mais c'est un animal fidèle.

— Non, Victor, je ne l'oublierai pas.

— Ah ! mais tout cela n'est pas vraiment ce que j'avais à te dire... il faut encore que je te parle d'autre chose !

— Eh bien parle donc Victor !

— Mère a dit aujourd'hui que je pourrais au moins te dire quelque chose d'aimable : nous nous sommes si souvent disputés ! Je pourrais peut-être te parler un peu gentiment, avant de m'en aller pour toujours... Voilà. Je suis venu pour ça, Hanna, pour te demander de ne pas être fâchée contre moi.

— Que dis-tu, voyons, de toute ma vie jamais je n'ai été fâchée contre toi.

— Oh maintenant je le vois bien, c'est toujours toi qui as été patiente, toi qui t'es tourmentée.

— Victor, ne me donne pas d'inquiétude, c'est

toi, toi seul qui aujourd'hui vois les choses comme cela.

— Non, tu as toujours été bonne, seulement je ne m'en apercevais pas. Ecoute-moi, Hanna, je voudrais tellement te dire tout ce que j'ai sur le cœur : je suis indiciblement malheureux !

— Seigneur Victor, mon bon Victor ! Qu'est-ce donc qui te pèse tant ?

— Vois-tu, toute la journée j'avais la tête pleine de larmes et il m'a fallu les retenir tout le temps pour qu'elles ne me jaillissent pas des yeux. Lorsque, après le repas de midi, j'ai remonté si tristement le ruisseau, jusque sous les hêtres, ce n'était pas vraiment par ennui, c'était pour être seul, loin de tout regard. Voici ce que je me disais : je n'ai personne dans ce vaste monde, ni père, ni mère, ni sœur. Mon oncle menace de me prendre le peu que j'ai sous prétexte que mon père avait des dettes envers lui, et les seuls qui aient été bons pour moi, il me faut les quitter !

— Oh Victor, mon bon Victor, ne te rends pas malade, certes ton père et ta mère sont morts, mais cela fait déjà si longtemps, tu les as à peine connus. En revanche, tu as trouvé une autre mère, qui t'aime autant qu'une véritable maman ; d'ailleurs tu n'avais jamais eu jusque-là à regretter la mort de ta mère. Qu'il nous faille maintenant nous séparer est triste, très triste ; mais ne blasphème pas contre Dieu,

Victor, qui nous a imposé cette épreuve. Supporte-la sans murmurer; moi aussi, toute la journée, je l'ai supportée sans me plaindre, car cette peine je l'aurais eue même si tu n'étais pas venu me parler.

— Oh, Hanna, Hanna !

— Et quand tu seras parti, nous t'enverrons ce qu'il te faut, nous prierons pour toi, et tous les jours j'irai au jardin et je regarderai ces montagnes derrière lesquelles tu auras disparu.

— N'en fais rien, ce serait trop triste !

— Et pourquoi ?

— Parce que rien n'y fait, nous sommes obligés de nous séparer et de nous dire adieu. Mais il y a autre chose encore !

— Quoi donc ?

— Il y a que tout est fini et que je suis l'être le plus seul qu'il y ait sur terre.

— Mais, Victor, Victor !

— Jamais je ne me marierai, jamais. Cela ne se peut pas, cela ne sera pas possible. Donc, tu vois, je n'aurai pas de foyer, je n'aurai personne, les autres vont m'oublier, et c'est d'ailleurs très bien. Comprends-tu ? Je n'y avais jamais pensé, mais maintenant c'est sûr, tout à fait sûr. Ne le vois-tu pas ? Hanna ! Pourquoi ce silence tout à coup ?

— Victor !

— Hanna ! Qu'y a-t-il ?

— A quoi pensais-tu ?

— Je pensais...

— Eh bien ?

— Eh bien, eh bien, ça n'en vaut pas la peine, tout est perdu.

— Sois fidèle, Victor.

— Pour l'éternité, mais ça ne sert à rien.

— Pourquoi donc ?

— Je te l'ai dit, mon oncle me reprend mon bien, le seul qui me reste. Il est riche, moi je suis pauvre et d'ici longtemps, longtemps encore, je serai incapable de nourrir une épouse. Alors il se trouvera bien quelqu'un pour venir lui demander sa main : lui pourra la nourrir, lui acheter de belles robes, lui faire de beaux cadeaux ; et c'est lui qu'elle prendra.

— Non, non, non, Victor ! Elle ne le fera pas, elle ne le fera jamais. Elle t'aimera sa vie entière autant que toi tu l'aimes et elle ne te quittera pas, pas plus que tu ne la quitteras.

— Oh Hanna, Hanna bien-aimée !

— Victor chéri !

— Certainement un jour je reviendrai. Je ne serai jamais impatient, nous vivrons comme deux frères et sœurs qui s'aiment plus, bien plus que tout ce qu'il y a sur terre et qui se resteront éternellement, éternellement fidèles.

— Eternellement, éternellement, répéta-t-elle en prenant les mains qu'il lui tendait.

Et ils se mirent à pleurer amèrement.

Victor la tira doucement à lui, elle se laissait faire. Elle appuya la tête contre le drap de sa veste et elle pleura de tout son être, sanglotant comme si de le perdre lui serrait le cœur à étouffer. Il lui mit les bras autour des épaules, comme pour la protéger, comme s'il cherchait à l'apaiser. Il la serra contre son cœur. Il la serrait toujours plus fort, comme on serre un être en détresse. Elle l'étreignit aussi, comme un bon frère, oui, si bon pour elle. D'une main il caressait la masse de ses boucles, puis il s'inclina et lui baisa les cheveux ; mais elle, ayant levé la tête vers lui, lui baisa les lèvres ardemment, plus ardemment qu'elle n'aurait jamais cru pouvoir embrasser.

Ils se tinrent encore quelque temps immobiles sans rien dire. Jusqu'à ce qu'apparaisse le petit jardinier : la mère l'envoyait et leur faisait dire de venir pour le repas du soir.

Ils avaient encore dans les mains les pièces de soie qui avaient servi de prétexte à leur conversation, mais elles étaient toutes chiffonnées, et mouillées des larmes d'Hanna. Ils les prirent dans l'état où elles étaient, et gagnèrent la maison main dans la main par les allées du jardin. En voyant venir ses enfants les yeux rouges d'avoir pleuré, la mère se mit à sourire et les fit entrer dans la pièce.

On apporta les plats. Elle offrit aux jeunes gens ce qui, pensait-elle, ferait le plus plaisir à chacun, sans leur poser de question sur leur conversation. Tous trois soupèrent ce soir-là comme tous les autres soirs.

Hanna avait de très grands yeux bruns ; sans cesse au cours du repas ils se remplissaient de larmes.

Lorsqu'on eut terminé, avant d'aller se coucher, Hanna voulut encore aller chercher son cadeau. C'était un portefeuille, doublé de soie d'un blanc de neige. Il contenait déjà l'argent du voyage que la mère y avait mis.

— L'argent, je vais l'enlever dit Victor, et je vais mettre le portefeuille de côté.

— Mais non, mais non, dit la mère, laisse l'argent dedans, regarde comme les fins billets se trouvent bien dans la soie. En plus du reste, Hanna te pourvoira toujours en portefeuilles !

— J'y ferai bien attention, fit Victor.

La mère ferma au moyen d'une clé minuscule la poche où se trouvait l'argent et lui montra où on cachait la clé.

Puis elle les invita à aller se coucher.

— Laisse, laisse donc, fit-elle lorsqu'elle comprit que Victor voulait la remercier pour l'argent du voyage.

« Allez au lit, maintenant. A cinq heures du matin, Victor, il te faudra déjà être sur les montagnes, j'ai veillé à ce que le domestique nous réveille de bonne heure, au cas où je ne me réveillerais pas moi-même. Il te faut prendre encore un bon petit déjeuner avant de partir, Victor. Et maintenant bonne nuit, dormez bien.

En prononçant ces mots, elle avait allumé deux bougies pour ses enfants, comme elle le faisait chaque soir ; chacun prit la sienne sur la table, souhaita à la mère une excellente nuit et se rendit à sa chambre. Victor cependant ne put se coucher tout de suite. Les ombres inhabituelles que projetaient les objets qui l'entouraient rendaient la pièce inhospitalière. Il alla à la fenêtre et regarda dehors. Le sureau était à présent une masse noire ; on ne voyait plus l'eau : à sa place on distinguait seulement une surface noire. Un scintillement qui jaillissait de temps à autre montrait tout juste qu'elle coulait. Toutes les voix s'étaient tues dans la maison et dans le village, seul le léger murmure qui entrait par la fenêtre ouverte révélait la présence de cette eau amie, qui pendant tant d'années avait coulé devant la demeure de l'adolescent. Des milliers d'étoiles qui brillent au ciel, pas une ne voulait s'éteindre ; il n'y avait pas le moindre croissant de lune.

Victor se coucha enfin sur son lit pour y dormir cette dernière nuit, dans l'attente du matin qui devait l'éloigner, peut-être pour toujours, de cet endroit où il avait vécu depuis qu'il était en âge de penser. Ce matin-là ne tarda pas à poindre. Alors que Victor croyait s'être à peine endormi, on frappa doucement à sa porte et la voix de la mère qui n'avait pas eu besoin de domestique pour se réveiller se fit entendre : « Il est quatre heures, Victor, habille-toi, n'oublie rien, et descends. Tu m'entends ? »

— Oui, mère.

Elle était redescendue ; mais lui s'était déjà levé d'un bond. Il s'habilla dans la double angoisse de la douleur et de l'impatience du voyage, et descendit à la salle à manger. Dans le petit jour un repas déjà était prêt sur la table. Jamais on n'avait déjeuné si tôt. On mangea en silence. La mère ne cessait de regarder Victor, Hanna n'osait lever les yeux sur rien. Bientôt Victor s'arrêta de manger. Il se leva : il s'efforçait de ne pas pleurer. Il alla plusieurs fois de long en large par la pièce, et puis il se décida :

— Mère, il est temps, je pars.

Il mit son sac au dos, resserra les courroies afin de bien caler le tout sur ses épaules. Il prit son chapeau, porta la main à sa poitrine pour s'assurer qu'il avait bien son portefeuille, regarda une dernière fois s'il n'avait rien oublié. Il s'avança alors vers la mère qui s'était levée avec Hanna :

— Je vous remercie bien pour tout, chère mère...

C'est à peine si ces mots purent franchir ses lèvres. Mais la mère l'interrompit aussitôt. Elle le conduisit près de la porte, où se trouvait l'eau bénite ; elle l'en aspergea, traça le signe de la croix sur son front, sa bouche, sa poitrine et dit :

— Voici, mon enfant, pars tranquille, sois bon

comme tu l'as toujours été, garde ton cœur doux et tendre. Ecris souvent et dis-nous si tu as besoin de quelque chose. Dieu bénira les voies que tu emprunteras, tu as toujours été si docile !

A ces mots, les larmes lui jaillirent des yeux, ses lèvres qui remuaient encore n'arrivaient plus à parler.

Un instant plus tard elle se reprit et dit :

— Les caisses qui sont encore en haut, avec la malle, tu les trouveras quand tu arriveras là où tu dois prendre ton emploi. Fais bien attention à l'argent et aux lettres de recommandation de ton tuteur, ne t'échauffe pas et ne bois pas glacé. Tout ira bien. Partir n'est pas si terrible que cela, et partout tu trouveras des gens bien disposés à ton égard. Si je n'étais pas habituée depuis si longtemps à nos montagnes et à ce pommier, je serais volontiers partie au loin moi aussi. Sois donc heureux, au revoir, mon bon Victor.

A ces mots, elle l'avait embrassé sur les joues.

Il tendit, sans voix, la main à Hanna, qui n'en pouvait plus de larmes, et il sortit. Devant la porte se tenaient les domestiques et le jardinier. Toujours sans un mot il serra des mains à droite et à gauche. Quand ils eurent pris congé, il s'engagea dans l'étroit sentier qui menait à la petite porte.

— Comme il est beau ! s'exclama en pleurant la mère qui le suivait des yeux avec Hanna. Comme il est beau, ses cheveux châtain, sa belle démarche, sa gracieuse jeunessse, si frêle ! Oh mon Dieu !

Et les larmes lui coulaient sur les mains qu'elle tenait devant son visage, juste devant ses yeux.

— Un jour, fit Hanna, tu nous as dit à Victor et à moi que plus personne ne te verrait pleurer de chagrin, et maintenant c'est tout de même de chagrin que tu pleures, Mère !

— Non, mon enfant, répondit la mère, c'est la joie qui me fait pleurer, rien qu'à le voir devenu ce qu'il est. N'est-ce pas étrange : il n'a pas connu son père, et il en a la démarche, le port, la tête. Il sera bon ! Oui, mon enfant, mes larmes sont des larmes de joie !

— Les miennes n'en sont pas, oh non, ce n'en sont pas ! sanglota Hanna en tenant de nouveau son mouchoir devant ses yeux qui ne tarissaient pas de larmes.

Victor entre-temps avait franchi la petite porte. Il dépassa le grand lilas, traversa les deux passerelles près du verger qui lui était familier depuis tant d'années et monta en direction des prairies et des champs. A peu près à leur hauteur il s'arrêta un instant : parmi les bruits faibles et indistincts qui montaient du village il distinguait les hurlements furieux de Spitz qu'on avait dû attraper et mettre à la chaîne pour qu'il n'aille pas avec lui. Les larmes lui jaillirent brusquement des yeux, des larmes amères, et il s'exclama presque à haute voix : « Où donc trouverai-je encore une pareille mère, et des créatures qui m'aiment autant ? Avant-hier je mettais tant de hâte à quitter la ville, pour passer quelques heures encore dans cette vallée, et voici qu'aujourd'hui je m'en vais pour toujours.

Il venait d'atteindre un endroit qui n'était plus très éloigné de la crête : il se retourna une dernière fois. Il pouvait encore distinguer la maison, le jardin, la palissade. Dans la verdure il aperçut quelque chose de rouge, le même rouge que le châle d'Hanna. Mais ce n'était que le rebord d'une cheminée.

Il marcha jusqu'à la crête et se retourna encore. Le jour resplendissant illuminait toute la vallée. Il fit quelques pas sur la cime, et tout disparut derrière lui. Sous ses yeux s'étendait une vallée nouvelle, flottait un air nouveau. Le soleil était déjà assez haut : il sécha et les herbes et ses larmes, réchauffant toute la campagne de ses rayons. Victor descendit le versant de la montagne en ligne oblique. Comme il tirait sa montre, il vit qu'il était sept heures et demie.

« Maintenant on a sûrement déjà défait mon lit, la dernière chose qui me restait, on aura enlevé les draps : il ne va plus rester que le dur sommier de bois. Mais peut-être les bonnes travaillent-elles déjà dans ma chambre, lui donnant à présent une tout autre allure. »

Il continua son chemin.

En s'élevant, il avait vu croître la distance qui le séparait de la maison qu'il venait de quitter ; croître aussi cette autre distance qui séparait ses pensées présentes des dernières paroles qu'il avait prononcées à l'instant du départ. Son chemin le menait maintenant le long de pentes qu'il n'avait jamais foulées, tantôt il montait, tantôt il descendait. Il était heureux de n'avoir pas dû aller en ville faire ses adieux, car ce n'était pas un jour où il aurait aimé voir ses amis. Des fermes, des maisons surgissaient tantôt à droite, tantôt à gauche du chemin. Çà et là quelqu'un passait, sans lui prêter attention.

Midi approchait, mais Victor ne cessait de marcher.

Le monde devenait de plus en plus vaste, de plus en plus lumineux ; il s'étendait de plus en plus loin au fur et à mesure que le voyageur avançait. Partout où le portaient ses pas, des milliers et des milliers de créatures étaient dans l'allégresse.

Voyage

Et le monde devenait plus grand, plus lumineux : ces milliers de créatures dans l'allégresse étaient partout ; Victor cependant allait de montagne en montagne et de vallée en vallée, son grand chagrin d'enfant dans le cœur, les yeux pleins de fraîcheur et d'étonnement. Chacune de ces journées qui l'éloignaient de chez lui le rendait plus ferme et plus vaillant. Le vide formidable de l'air frôlait ses boucles châtaines, les blancs nuages, luisants comme la neige, s'élevaient dans le ciel, exactement comme au-dessus de sa vallée maternelle ; ses belles joues étaient déjà hâlées, le havresac sur le dos il avançait, son bâton à la main. Le seul être vivant qui le rattachât désormais à sa terre natale était le vieux Spitz, qui courait à ses côtés, terriblement amaigri : le troisième jour après son départ, le chien l'avait rattrapé, il ne savait ni comment ni pourquoi. Victor, de très bonne heure le matin, montait dans la fraîcheur un chemin de campagne, large et humide ; il traversait une forêt lorsque s'arrêtant pour regarder autour de lui, comme il faisait souvent pour se délecter du scintillement des branches de sapin humides, il remarqua quelque chose qui bougeait, et semblait même se précipiter à sa rencontre. Mais quel ne fut pas son étonnement lorsque la boule noire d'abord aperçue, après s'être rapprochée, se mit à bondir contre lui et se révéla être le vieux et fidèle griffon de sa mère nourricière. Mais dans quel état ! Il avait les poils tout encollés de boue, et salis jusqu'à la peau par la poussière blanche du chemin ; ses yeux étaient rouges et enflammés. Voulant aboyer de joie, il n'y parvenait pas : sa voix était tout enrouée ; et comme il essayait au moins de bondir, il trébucha de l'arrière-train et tomba dans le fossé.

— Mon pauvre vieux Spitz, fit Victor en s'accroupissant à côté de lui : te rends-tu compte, ma vieille carcasse, de la folie que tu viens de faire ?

Mais à ces mots le griffon remua la queue comme s'il venait de recevoir les plus grands compliments.

La première chose que fit Victor fut de l'essuyer avec un bout de chiffon pour lui rendre meilleure allure. Puis il prit deux pains qu'il avait mis dans son sac le matin même pour le cas où il rencontrerait un mendiant, s'assit sur une pierre et se mit à les jeter à Spitz, morceau par morceau. Le chien les happait d'un coup, affamé qu'il était, et il resta encore longtemps les yeux fixés sur les mains du jeune homme, mais elles étaient vides à présent.

— Maintenant je n'ai plus rien, fit Victor, mais à la première ferme venue nous achèterons une jarre de lait, pour toi tout seul.

Le griffon parut tranquillisé, comme s'il avait compris.

A quelques pas de là, un mince filet d'eau tombait d'un rocher couvert de mousse. Victor y recueillit de l'eau dans le gobelet de voyage en cuir que sa mère nourricière lui avait donné. Il le remplit et voulut faire boire le chien qui ne fit qu'y goûter, regardant son donateur de l'air d'attendre autre chose : c'est qu'il n'avait pas soif après s'être abreuvé, comme il avait dû faire, aux centaines de fossés et de ruisseaux qu'il avait traversés.

Ensemble, ils continuèrent leur route, et dans la première auberge Victor écrivit une lettre à sa mère pour lui dire qu'elle n'avait pas à s'inquiéter : le chien était avec lui.

Pour le lait, Victor avait tenu parole. D'ailleurs le griffon, à partir de ce moment, eut autant de nourriture qu'il pouvait en avaler ; il mangea en une seule journée plus qu'en trois jours à la maison. Il n'en continuait pas moins à dépérir, exténué par l'effort inhabituel qu'il avait dû fournir, et Dieu seul sait à quel point cet effort avait dû être terrible ! Il trottait à présent à côté du jeune homme comme suspendu à l'intérieur de sa propre peau.

— Ça ira mieux, ça ira mieux, pensait Victor, et ils continuèrent leur chemin.

Ce qui le tracassait, c'était la raison pour laquelle l'animal l'avait suivi justement cette fois-ci, car d'habitude, même quand il partait pour des journées entières, il suffisait de lui en donner l'ordre pour que le chien reste à l'attendre à la maison. Il en conclut, avec justesse, que le griffon dont toute la vie consistait à observer ce que faisait ou ne faisait pas son grand ami s'était fort bien rendu compte que cette fois, il s'en allait pour toujours. Et il avait tenté l'impossible pour le suivre.

Les voici donc qui avançaient ensemble, de colline en colline, de champ en champ : souvent on pouvait voir l'homme laver son chien à quelque ruisseau puis le sécher avec de l'herbe ou des feuillages ; souvent aussi le chien se tenait dressé aux côtés de son maître, les yeux levés vers lui, quand il arrivait à celui-ci de s'arrêter sur une hauteur pour laisser son regard errer alentour, contemplant les campagnes au loin, les longs rubans des champs par-delà les taches sombres des boqueteaux, et les blancs clochers des villages.

Sur son chemin, le voyageur longeait des blés ondulants : sans doute étaient-ils à quelqu'un, probablement à celui-là même qui les avait enclos. Des oiseaux partaient ici ou là, semblant gagner autant de retraites familières. Depuis bien des jours, Victor n'avait adressé la parole à personne, sinon pour rendre son salut à quelque charretier ou à un voyageur, ou encore pour prendre congé de l'aubergiste qui levait son bonnet en lui lançant : « Bon voyage, et au revoir ! »

Huit jours après avoir quitté sa mère et sa vallée, il arriva dans une région qui ne ressemblait pas aux autres, si inhospitalières, qu'il avait parcourues à pied jusque-là : celle-ci était fertile et accueillante ; le pays s'étendait doucement de colline en colline, montrant la même variété d'arbres fruitiers que chez lui dans la vallée ; il s'ornait de maisons cossues, et il n'y avait pas un pouce de terrain qui ne fût cultivé et qui ne donnât quelque chose. Ce vaste paysage de verdure était traversé par l'éclair argenté d'un fleuve ; au loin, on pouvait voir le bleu d'une chaîne de montagnes, un bleu d'une douceur de rêve. Ces montagnes, il les avait eues depuis longtemps déjà à sa main gauche, mais voilà qu'elles se rapprochaient, faisant arc de cercle autour de sa route, et l'on distinguait déjà sur leurs flancs les nuances de la lumière et les détails du relief.

— Pour Attmaning, c'est encore loin ? demanda-t-il à un homme assis sous la tonnelle d'une auberge de village devant une boisson fraîche.

— Si vous faites aujourd'hui encore un bon bout

de chemin, vous pouvez y être demain de bonne heure, répondit l'autre, mais alors il vous faut prendre le sentier, et derrière l'Afel couper par la montagne.

— En fait, je veux aller à la Hul.

— A la Hul ? Mais vous y serez mal accueilli. Vous n'avez alors qu'à passer par la Grisel, à droite du lac, vous trouverez là un forgeron, toujours de bonne humeur, que je peux vous recommander : ce sera déjà tout autre chose !

— Oui, mais je dois me rendre à la Hul !

— Dans ce cas, il vous faudra bien trois bonnes heures après Attmaning.

Pendant cette conversation, Victor s'était assis auprès de l'homme ; il s'était même restauré et avait donné à manger à son chien. Un moment encore il parla de choses et d'autres avec son voisin, puis il se remit en route, et selon le conseil de l'homme fit encore un bon bout de chemin jusqu'à l'Afel, un ruisseau vif et bleu. Le jour suivant, aux premières lueurs de l'aurore, on pouvait déjà le voir prendre le chemin indiqué par l'homme : un sentier qui quittait la route pour gagner la montagne. Les gigantesques masses montueuses se rapprochaient toujours davantage ; au cours de la matinée, chaque fois aussi belles, elles changèrent à plusieurs reprises de forme et de couleur. Il rencontra des eaux bruyantes, il croisa des charbonniers ; parfois déjà il lui arrivait d'apercevoir ici ou là un montagnard à barbiche et chapeau pointu.

Avant qu'il fût midi, Victor se retrouvait assis sous l'auvent de l'auberge d'Attmaning où il avait de nouveau rejoint la route, et il regardait tout autour de lui les montagnes qui s'ouvraient : tout vibrait de nuances bleutées, un mince filet d'eau, là-bas, scintillait comme une faux.

Attmaning est la dernière agglomération d'un pays de petites montagnes, qui viennent juste à cet endroit s'appuyer sur de hauts monts. Ses arbres d'un vert vif, les montagnes proches, son clocher pointu, sa situation ensoleillée en font l'endroit le plus charmant qui se puisse trouver sur terre.

Victor resta jusqu'à quatre heures assis à sa petite table en terrasse, sur la rue, situation qui semblait beaucoup lui plaire ; il demeura ainsi à s'emplir la vue de ces hautes montagnes, de leur belle couleur bleue assortie de mille nuances changeantes. Il n'avait de toute sa vie rien vu de semblable. Qu'était en comparaison la plus imposante des montagnes de son pays natal ? Lorsque quatre heures sonnèrent, des ombres bleues déjà s'étaient mises à descendre lentement le long des pentes, lui donnant l'étrange impression que la montagne reculait ; il finit par demander la direction de la Hul.

— Là-haut, au bord du lac, lui dit l'aubergiste en lui montrant dans le massif montagneux une sorte de trouée, qui avait déjà tant attiré les regards de Victor dans l'après-midi.

— Avec le peu d'heures de jour qui vous reste, vous voulez aller à la Hul, reprit-il après quelque temps ?

— Oui, fit Victor, je veux profiter de la fraîcheur du soir.

— Alors il ne faut pas vous attarder, répliqua l'aubergiste ; si vous n'avez personne avec vous, je veux bien vous donner mon jeune valet pour vous conduire à travers le bois, il vous indiquera ensuite la direction à prendre.

Victor estimait n'avoir besoin de personne : la trouée entre les montagnes avait l'air si proche ; mais il y consentit tout de même et commença à ranger les affaires qu'il avait sorties de son sac.

Une chose lui paraissait curieuse aussi : les gens, quand ils parlaient de la Hul, disaient toujours : « là-haut », alors qu'à ses yeux les montagnes se fondaient si harmonieusement qu'il lui semblait voir la ligne de l'eau très bas au contraire ; cependant il se rendait bien compte que l'Afel, avec toute son écume et les bonds qu'il faisait en coulant vers Attmaning, venait bien des hauteurs.

— Rudi, va conduire ce monsieur jusqu'au col là-haut ; ensuite tu lui montreras le chemin qui descend sur la Hul, cria l'aubergiste en se tournant vers l'intérieur de la maison.

— Oui, répondit une voix enfantine.

Et aussitôt un petit garçon blond aux joues rouges

fit son apparition ; il regarda Victor de ses bons gros yeux bleus et s'adressa à lui :

— Allons, viens, Monsieur.

Victor avait réglé sa note. Il était prêt. Au bout de la rue où se trouvait l'auberge, l'enfant quitta la route et prit un chemin pierreux entre d'énormes chênes et des érables, plantés serrés. Le chemin commença bientôt à monter ; à travers les cimes des arbres qui poussaient en contrebas, Victor pouvait apercevoir la masse des rochers qui se pressaient de plus en plus ; il les voyait s'assombrir au fur et à mesure que le soleil descendait, et leur bleu s'intensifiait avec les rayons du couchant qui irisaient et illuminaient le feuillage autour de lui. La forêt devenait de plus en plus dense, les arbres à feuillage avaient cessé et nos deux marcheurs traversaient à présent une épaisse sapinière aux fûts ébouriffés que le regard ne pouvait percer, tout juste trouée par endroits de coulées de pierres figées. Victor n'avait pas du tout vu cette forêt depuis Attmaning : jamais il n'aurait cru qu'entre lui et la belle surface de l'eau qui lui avait paru si proche, il pût y avoir de telles solitudes. Ils ne cessaient d'avancer. Victor croyait à tout moment qu'on allait enfin descendre, mais le chemin continuait à progresser le long d'une pente qui semblait toujours rester la même, comme si la forêt reculait sans cesse, et repoussait sans cesse le lac au-devant d'elle. Le petit garçon courait à côté de lui, pieds nus sur les pierres pointues. Enfin, lorsque deux heures se furent écoulées, le petit guide s'arrêta et dit :

— Voilà le col. Tu descends maintenant par ce chemin, attention, pas par l'autre, tu passes à côté de la statue de saint Gilbert-martyr, tu tournes au coin du lac, là où sont tous ces grands rocs tombés de la montagne ; alors tu verras les maisons : c'est la Hul. Il faut toujours qu'en regardant à travers les branches tu aperçoives l'eau du lac, parce qu'il existe un autre chemin qui descend dans la gorge de l'Afel, où tu te perdrais.

Voilà ce que le petit garçon avait dit à Victor. Il toucha son salaire et redescendit en courant le chemin par lequel il l'avait conduit.

Ces lieux que le gamin venait de quitter brusquement et sans plus de façon, comme si ce n'était rien, firent à Victor un effet extraordinaire. Les gens de la montagne appellent souvent « col » une crête de hauteur moyenne qui relie deux cimes plus élevées. Mais comme un col sépare toujours deux vallées, il n'est pas rare que montant doucement d'un côté, on ait tout à coup, sans s'y attendre, une vue des plus surprenantes sur l'autre versant. C'est ce qui se passait pour l'heure. La forêt s'était divisée en deux. Aux pieds du jeune homme s'étendait le lac, et les montagnes qu'il avait déjà vues depuis Attmaning entouraient maintenant la surface de l'eau, si calme, si claire, si proche qu'il lui semblait pouvoir la toucher. Mais cependant les parois n'étaient pas grises, les précipices et les failles s'ombraient d'un bleu aérien, tandis que les arbres semblaient de minuscules pièces de bois. D'autres pentes au contraire, dépourvues de végétation, paraissaient se détacher, tout à fait lisses, sur le fond du ciel.

Victor n'apercevait pas la moindre maison, pas un être humain, pas un animal. Le lac qui vu d'Attmaning semblait une simple ligne blanche s'étendait à présent large et sombre. Il était cerné comme d'un rideau de murailles ; sur la rive lointaine on pouvait distinguer des taches claires que le voyageur ne parvenait pas à identifier et qui se reflétaient dans l'eau immobile.

Victor resta quelque temps à regarder. Il sentait l'odeur de la résine mais n'entendait même pas les sapins bruire dans le vent, car tout était immobile, sauf la lumière qui bougeait doucement le long des pentes et que l'ombre suivait.

Le cœur presque rempli de crainte devant tant de grandeur autour de lui, Victor se remit en route. Il suivit le sentier que l'enfant lui avait indiqué. La pente gagnait peu à peu vers la forêt et bientôt il fut de nouveau sous les arbres. Tout comme au col où le lac semblait faire reculer les montagnes pour permettre à l'œil d'en saisir l'image aérienne se détachant sur le vert des sapins, de même ici sans cesse pouvait-on voir sur la gauche, à travers les branches, le vague tissu que formaient au loin les monts. Il avait cru tout à l'heure que la montée n'aurait jamais de fin, à présent il ne cessait de descendre et de descendre. Il avait toujours le lac à sa gauche, avec l'impression de pouvoir presque y tremper la main, et pourtant il n'arrivait toujours pas à l'atteindre. Enfin il laissa le dernier arbre derrière lui et se trouva de nouveau sur les bords de l'Afel, juste à l'endroit où le torrent quittait le lac pour se précipiter entre des murailles si serrées qu'il n'y avait entre elles pas même la place d'un sentier. Victor croyait être à des centaines de lieues d'Attmaning. Il n'y avait là rien d'autre que lui, et ces eaux étales qui ne cessaient de se déverser à grand bruit dans l'Afel. Derrière lui s'étendait la forêt verte et muette, devant lui la surface de l'eau, fermée par une muraille bleue qui semblait se prolonger dans les profondeurs. Le seul ouvrage dû à la main de l'homme était cette passerelle qui franchissait l'Afel que l'on avait pris soin de canaliser sur un bref tronçon. Victor traversa lentement, et le chien le suivit, tout tremblant. De l'autre côté ils marchèrent dans l'herbe en longeant des rochers. Bientôt Victor aperçut l'endroit dont le petit garçon lui avait parlé : un énorme amoncellement de rochers descendait jusqu'au lac, et il était aisé de se rendre compte qu'à cet endroit la montagne avait dû s'ébouler. Victor contourna une arête et aussitôt la Hul apparut : cinq ou six huttes grises à peine éloignées, entourées de grands arbres feuillus. Au même instant le lac, que l'arête rocheuse venait de lui cacher, réapparaissait à découvert dans toute son étendue, ainsi que les parois et les sommets qui s'étaient dérobés à sa vue.

Quand Victor fut à proximité des maisons, il vit que chacune d'elles se prolongeait par un hangar qui s'avançait jusque sur le lac ; des barques y étaient amarrées. Il n'aperçut pas d'église mais sur l'une des chaumières s'élevait une tourelle faite de quatre poutres peintes en rouge, entre lesquelles pendait une cloche :

— N'y a-t-il pas un endroit baptisé l'Ermitage , demanda-t-il à un vieillard assis sur le seuil de la première hutte qu'il rencontra sur son chemin.

— Si, répondit le vieillard, l'Ermitage est là-bas sur l'île.

— Sauriez-vous me dire qui pourrait m'y conduire en barque ?

— N'importe qui ici est en mesure de vous faire traverser.

— Vous, par exemple ?

— Oui, mais là-bas, on vous refusera l'accès.

— On m'a demandé de venir à l'Ermitage : j'y suis attendu.

— Si vous avez quelque affaire là-bas et si on

vous y attend, alors c'est autre chose ! Reviendrez-vous tout de suite après ?

— Non.

— Bon. Attendez un instant.

Sur ces mots, le vieillard entra dans la hutte d'où il ressortit bientôt en compagnie d'une forte jeune fille aux joues rouges, les bras nus, qui se mit en devoir de tirer une barque jusqu'à l'eau ; pendant ce temps le vieux enfilait sa veste et allait chercher deux rames. On avait fixé à la barque un siège à dossier pour Victor ; il s'y assit, posa sa gibecière à côté de lui et prit dans ses mains la tête du griffon qui se blotissait contre lui. Le vieillard avait pris place de côté, à l'avant de la barque, et la jeune fille se tenait debout à l'arrière, une rame à la main. Tous deux frappèrent l'eau en même temps, et aussitôt la barque se mit à glisser sans heurt sur l'eau souple. Chaque coup de rame lui faisait couper plus avant, dans un clapotis, la surface qui s'assombrissait. Jamais Victor n'avait navigué sur une aussi vaste étendue. Le village reculait et les parois rocheuses qui entouraient l'eau commençaient à se déplacer lentement.

Après quelque temps, on put voir une langue de terre couverte de buissons qui s'avançait dans le lac et semblait grandir. Elle finit même par se détacher de la terre ferme, et il s'avéra que c'était une île. Les deux rameurs dirigeaient vers elle l'embarcation. A mesure qu'on approchait, le relief de l'île semblait s'élever et se détacher de la terre ferme ; jusque-là une montagne avait gêné la vue. Finalement on put apercevoir les très grands arbres de l'île, qui parurent d'abord surgir directement de l'eau, mais qui poussaient sur une rive rocheuse escarpée et même fort élevée. Une montagne, que rosissait la lumière du soir, prolongeait par-derrière le vert rideau des arbres.

— Cette montagne, là-bas sur l'autre rive, c'est la Grisel, expliqua le vieil homme sur une question de Victor ; c'est une montagne sérieuse, mais pas si terrible que ça finalement. On y grimpe par un sentier qui redescend ensuite vers la Blumau et la Gescheid, là où se trouvent les forges.

Victor contemplait la belle montagne qui disparaissait peu à peu dans le vert des arbres au fur et à mesure qu'ils approchaient.

Ils étaient enfin arrivés dans le reflet vert que les feuillages massés sur la rive faisaient descendre droit dans l'eau, et continuaient toujours leur route. On entendit sonner la petite cloche de la Hul, suspendue entre ses quatre poutres, qui invitait à la prière du soir. Les deux rameurs rentrèrent aussitôt leurs rames et dirent à voix basse les paroles de l'Angelus ; la barque cependant allait comme d'elle-même, le long des rochers gris qui plongeaient dans le lac. Çà et là les montagnes apparaissaient, irrégulièrement éclairées ; le lac lui-même offrait à la vue des sortes de bandes lumineuses, parfois même brillantes : des étincelles s'en détachaient encore, bien que le soleil fût couché depuis assez longtemps déjà. Et par-dessus tout cela résonnait au loin le tintement de la petite cloche, comme agitée par des mains invisibles ; car on ne voyait pas la Hul, et tout autour du lac, nul endroit n'indiquait la moindre présence humaine.

— Dans le couvent de l'Ermitage, il y a encore une cloche, une belle cloche, je crois, pour l'Ave, fit le vieil homme après avoir remis sa coiffure et s'être emparé à nouveau de la rame, mais on ne la sonne jamais ; moi, en tout cas, jamais je ne l'ai entendue. Elle ne sert même pas pour donner les heures. Mon grand-père assurait que c'était bien beau dans les temps passés, quand on pouvait s'imaginer que toute cette musique était comme posée sur le lac ; en ce temps-là, il y avait encore des moines, et lorsqu'on entendait sonner dans le clair brouillard du matin, personne ne pouvait dire d'où cela venait. Vous l'avez sûrement remarqué, nous avons contourné la montagne : de la Hul, on ne peut pas voir l'île. Cette montagne, c'est l'Orla. Deux moines l'ont un jour franchie alors qu'une neige très épaisse recouvrait tout ; le lac était gelé et ils n'avaient plus de vivres. Avec l'aide des serviteurs qu'ils avaient amenés avec eux, ils se frayèrent d'abord une voie dans la glace pour permettre à la barque d'avancer. Parvenus au pied de la montagne, ils l'escaladèrent jusqu'au sommet, pour redescendre finalement sur la Hul ; car il n'y a aucun passage possible entre le lac et la montagne. Plus de cent ans se sont écoulés depuis, et il est bien rare à présent que le lac soit recouvert de glace.

— Il y a donc eu des moines dans l'île, demanda Victor ?

— Oui, répondit le vieillard. En de vieux, de très vieux temps, des moines étrangers se sont établis ici, alors que sur tout le tour du lac il n'y avait pas encore une seule maison, et qu'il ne flottait sur les eaux rien d'autre qu'un arbre tombé de la falaise. Ils sont allés jusqu'à l'île sur des radeaux, en ramant avec des branches de sapin. D'abord ils construisirent l'Ermitage, et ensuite peu à peu le reste du monastère, et enfin la Hul elle-même. Elle se peupla de pêcheurs chrétiens qui allaient à la messe de l'Ermitage ; partout alentour les seigneurs étaient encore païens : ils n'hésitaient pas à massacrer, avec l'aide d'une troupe de valets d'armes cruels et sauvages, les prêtres venus d'Ecosse pour convertir les populations. Mais sur cette île les Pères trouvèrent la paix, car vous le verrez bientôt, les falaises forment comme une forteresse naturelle. Au moindre vent, la houle y est si forte qu'elle pourrait engloutir n'importe quel bateau. Le seul endroit où l'on puisse aborder est un creux de la côte où l'eau trouve à passer et vient mourir sur le sable fin. Les Pères ainsi se trouvaient protégés, comme est protégé le vieil homme qui a choisi l'île pour demeure. Voilà pourquoi on ne peut pêcher ici que lorsque le temps est beau et calme comme aujourd'hui.

Cependant on s'était peu à peu rapproché de l'île ; à cet endroit les rochers s'abaissant formaient une baie sablonneuse protégée par le couvert des grands arbres. Dès que l'endroit fut en vue, les rameurs dirigèrent la proue de la barque vers le passage et laissèrent l'embarcation s'échouer sur le sable. Le vieillard descendit et tira le petit bateau par sa chaîne sur la grève, pour que Victor pût débarquer à pied sec. Celui-ci sortit par l'avant, suivi du griffon.

— Il vous suffit de suivre le sentier que vous allez trouver là tout de suite et vous arriverez à l'Ermitage. Il y a bien de l'autre côté un hangar en madriers que les moines avaient construit jadis dans la falaise pour leurs bateaux, mais on ne peut pas y entrer car la herse est toujours baissée. Dieu vous protège, jeune monsieur, et si vous ne restez pas trop longtemps ou si le propriétaire de l'Ermitage ne veut pas mettre de bateau à votre disposition pour la traversée, vous n'aurez qu'à me le faire dire par le vieux Christophe et je reviendrai vous chercher ici même. A l'Ermitage ils ne se donneraient même pas la peine de mettre une barque à l'eau.

Victor entre-temps avait tiré de sa petite bourse la somme convenue et l'avait remise à l'homme. Il lui dit encore :

— Dieu vous garde, mon vieil ami, et si vous n'y voyez pas d'objections, je viendrai vous rendre visite à mon retour. Peut-être me raconterez-vous encore une de vos histoires du vieux temps.

Il n'osa pas dire un seul mot à la jeune fille restée immobile à l'arrière. Mais le vieillard répondait déjà :

— Comment mes histoires pourraient-elles plaire à un monsieur aussi instruit et aussi jeune que vous ?

— Peut-être plus que vous ne l'imaginez, et plus en tout cas que celles qu'on peut lire dans les livres, fit Victor.

Le vieil homme avait souri parce que la réponse lui avait plu ; sans dire un mot il se baissa, rejeta la chaîne à l'avant du bateau et se prépara à repartir.

— Eh bien, Dieu vous protège, jeune homme ! fit-il encore, puis il donna un coup de pied à la barque et monta dedans tandis qu'elle avançait en oscillant vers l'eau profonde. Quelques instants plus tard, Victor pouvait voir les deux rames monter et descendre régulièrement, pendant que le bateau allait son chemin sur le vaste miroir de l'eau.

En quelques enjambées, il avait escaladé la rive : il voulait de ce point élevé contempler le lac en son ensemble, avec le large paysage qui l'entourait. Suivant toujours l'embarcation des yeux, il s'adressa à son compagnon comme s'il s'était agi d'un être de raison capable de comprendre ses paroles :

— Dieu soit loué, nous voici parvenus au but de notre voyage. Le Seigneur nous a conduits à bon port. Pour le reste, nous verrons bien.

Il regarda encore une fois la vaste et belle surface du lac assombri par le soir, puis tournant ses pas il s'enfonça dans les buissons.

Le chemin commençait par une pente de taillis aux abords feuillus. Il s'aplanissait ensuite, et le taillis cessait : on ne voyait plus que des érables, exceptionnellement forts, qui parsemaient une sombre prairie, disposés comme s'ils obéissaient à un plan réfléchi. Jadis à coup sûr il y avait eu ici une bonne route, mais elle était à l'abandon et partout rétrécie par des buissons rabougris. Victor traversa l'étrange parc d'érables, passa à travers de nouveaux taillis et parvint en un endroit curieux. C'était comme une prairie plantée d'arbres fruitiers, tout rabougris et passablement dégénérés. Au milieu de ces arbres on apercevait dans l'herbe la margelle circulaire d'un puits, et partout entre les troncs, des nains en pierre tenant dans leurs mains des cornemuses, des luths, des clarinettes et toute sorte d'instruments de musique ; certains étaient mutilés, émergeant à peine de l'herbe haute. Ils étaient isolés les uns des autres, sans nul passage ménagé entre eux. Victor contempla quelques instants ce petit monde bizarre, puis il continua son chemin. Du jardin le sentier descendait à un fossé par un vieil escalier de pierre et remontait de l'autre côté. Ici aussi poussaient des buissons, mais derrière se dressait cette fois une haute muraille sans fenêtres percée d'une grille de fer ; le sentier finissait à cet endroit.

Victor en conclut non sans raison que c'était là l'entrée, et il s'approcha de la grille. Quand il y parvint, il la trouva fermée. Il n'y avait ni cloche, ni heurtoir. C'était pourtant bien là l'entrée de la maison. Derrière la grille de fer s'étendait une esplanade sablée où poussaient des fleurs. Au bord de l'esplanade se dressait la maison. On n'en voyait qu'une partie, le reste était masqué par des buissons. Un escalier extérieur en bois montait au premier étage. De l'autre côté de l'esplanade, ce devait être à nouveau le lac, car derrière la verdure montait cette fine brume qu'on voit si souvent au-dessus des eaux de montagne, et qui estompait quelque peu les parois rosies de la Grisel.

Tandis que Victor regardait entre les barreaux de la grille, s'efforçant de trouver un moyen quelconque de la franchir, un vieil homme sortit des buissons et regarda dans sa direction.

— Soyez assez aimable, fit Victor, pour m'ouvrir et me conduire au maître de la maison, si toutefois c'est bien ici l'Ermitage.

L'homme ne répondit rien mais s'approcha, dévisagea longuement Victor, et finalement demanda :

— Es-tu venu à pied ?

— Je suis venu à pied jusqu'à la Hul, répondit Victor.

— Est-ce bien vrai ?

Victor devint tout rouge ; jamais encore il n'avait menti.

— Si cela n'était pas, je ne le dirais pas, répondit-il. Si vous êtes mon oncle, comme on le dirait presque, j'ai ici une lettre de mon tuteur qui vous dira qui je suis ; vous verrez alors que si j'ai fait ce voyage à pied jusqu'à chez vous, c'est seulement pour me conformer à votre volonté explicite.

Sur ce le jeune homme tira le papier qu'il n'avait ni froissé ni taché, ainsi que le lui avait recommandé sa mère nourricière, et le tendit à travers les barreaux de la grille.

Le vieil homme prit la lettre et la mit dans sa poche sans la lire.

— Ton tuteur est un sot et un homme borné, dit-il, je vois que tu ressembles à tous égards à ton père, quand il commença à jouer ses tours. Je t'ai d'ailleurs vu traverser le lac.

Victor qui de sa vie n'avait entendu de paroles désobligeantes restait muet, attendant simplement que l'autre voulût bien lui ouvrir la grille. Mais celui-ci :

— Prends une corde et une pierre et va noyer ce chien dans le lac. Pendant ce temps, j'irai t'ouvrir la grille.

— Qui dois-je noyer, demanda Victor ?

— Eh bien le chien que tu as traîné jusqu'ici avec toi !

— Et si je ne le fais pas.

— Eh bien je n'ouvrirai pas ce portail.

— Alors viens Spitz, fit Victor au chien.

Sur ces mots il fit demi-tour et dévala l'escalier jusqu'au fossé, remonta de l'autre côté, traversa en courant le jardin aux nains, la plantation d'érables, passa les buissons et arriva à la baie ; là, de toutes les forces dont son corps était capable, il cria :

— Batelier ! Ohé ! vieux batelier !

Mais l'autre ne pouvait absolument plus l'entendre. A cette distance on n'aurait même plus entendu un coup de fusil. Le petit bateau avait la taille d'une mouche au pied de l'Orla, qui s'avançait loin dans le lac, sous la lumière du soleil couchant. Victor prit la toile de son sac, l'attacha à son bâton et l'agita dans l'air pour être vu, mais en vain. Il était encore en train d'agiter son bâton que la petite mouche avait tourné la pointe et disparu. Plus rien à présent sur le lac ; dans le vent du soir qui s'était levé, Victor ne voyait que l'écume jouer le long des rochers de l'île.

— Ça ne fait rien, ça ne fait rien, dit-il. Viens Spitz, nous allons nous asseoir dans les buissons, près du rivage, et nous resterons assis là toute la nuit. Demain nous verrons sûrement une barque à laquelle nous pourrons faire signe.

Il fit comme il l'avait dit. Il eut bientôt trouvé

un endroit entouré de buissons qui ne masquaient pas la vue sur le lac, et où l'herbe était courte et sèche.

— Vois, dit-il, comme il est bon de mettre tous les matins un petit quelque chose de côté. Dans ce voyage, tu en fais l'expérience déjà pour la seconde fois.

Ce disant, il avait tiré de son sac deux pains qu'il avait emportés tôt le matin à l'auberge de l'Afel, et commençait à les partager, mangeant une bouchée, donnant l'autre au chien. Après quoi notre voyageur, qui croyait avoir touché le but, se trouva pour la première fois logé à la belle étoile ; il pouvait au moins observer les choses qui l'entouraient.

Les montagnes, les belles montagnes qui lui avaient tant plu alors qu'il s'en approchait, s'obscurcissaient à présent toujours davantage, et faisaient tomber de sombres taches menaçantes sur la surface du lac que pailletait encore l'or pâle du couchant, parmi les noirs reflets des monts ; tout prenait autour de lui, en s'enveloppant dans les ombres de la nuit, des formes de plus en plus étranges. Le noir et l'or du lac se touchaient et se confondaient comme s'il y passait un léger courant d'air. Le regard de Victor, seulement habitué aux belles et heureuses impressions du jour, ne pouvaient pas se détourner de ce spectacle, où les choses imperceptiblement changeaient de couleur en se laissant envelopper par la tranquillité de la nuit. L'intense fatigue de ses membres lui faisait trouver bien agréable d'être assis là sur l'herbe douce, protégé par le couvert des buissons. Il demeura assis, le griffon à côté de lui, jusqu'à ce que l'obscurité se mît à envahir de plus en plus rapidement le lac, les montagnes et le ciel. Il décida alors de s'étendre. Il ferma tous les boutons de sa redingote comme sa mère nourricière le lui avait appris afin de ne pas prendre froid, remit l'écharpe qu'il avait enlevée pour la journée, tira de son sac son ciré, s'en enveloppa, disposa son sac de façon à s'en faire un oreiller et y posa sa tête : déjà l'obscurité l'entourait comme une muraille. Le besoin de sommeil avait envahi ses membres dès qu'il s'était étendu. Les buissons s'étaient mis à murmurer ; une petite brise montait maintenant du lac et l'on entendait le ressac retentir de paroi en paroi.

Ses sens sombrèrent parmi ces impressions, de plus en plus faibles, et il commençait à n'avoir plus conscience de rien lorsqu'il fut réveillé par un léger grognement de son chien. Il ouvrit les yeux. A quelques pas de lui, une silhouette était debout, tout près du point d'embarquement, se détachant sombrement sur l'eau scintillante. Victor s'efforça de mieux distinguer la forme mais il ne pouvait en apercevoir que les contours : c'était un homme et il était impossible de savoir s'il était jeune ou vieux. La silhouette se tenait immobile et paraissait regarder l'eau. Victor se mit sur son séant et resta lui aussi sans bouger.

Lorsque le chien se remit à gronder, plus fort cette fois, la silhouette se retourna et s'écria :

— Etes-vous là, jeune homme ?

— C'est un jeune voyageur qui est là avec son chien, fit Victor. Que voulez-vous ?

— Que vous veniez dîner, car l'heure est déjà presque passée.

— Pour dîner, quel dîner ? et qui donc cherchez-vous ?

— Je cherche notre neveu ; car l'oncle attend déjà depuis un quart d'heure.

— Êtes-vous son homme de confiance ou son ami ?

— Je suis son domestique, Christophe !

— Du maître de l'Ermitage, de mon oncle ?

— En effet. Il a été avisé de votre arrivée.

— Alors, reprit Victor, dites-lui que je resterai ici toute la nuit ; je préfère me faire attacher une pierre au cou et me laisser jeter dans le lac plutôt que de noyer ce chien qui est avec moi.

— Je vais le lui dire.

L'homme, à ces mots, s'était retourné et s'en allait.

Victor le rappela en criant :

— Christophe, Christophe !

— Que voulez-vous, jeune monsieur ?

— N'y a-t-il pas d'autre maison, même une cabane, n'importe quoi sur l'île pour y passer la nuit ?

— Non, il n'y a rien, répondit le domestique, le vieux monastère est fermé, l'église aussi, les greniers remplis de vieux outils, et d'ailleurs ils sont fermés eux aussi. A part cela, il n'y a rien d'autre.

— Eh bien tant pis, dit Victor, je ne me rendrai en aucun cas à la maison de mon oncle, je ne veux pas de cette maison pour m'abriter. Mais il me semble que le vieux batelier qui m'a conduit ici a cité votre nom, en disant que vous veniez parfois à la Hul.

— Je vais y chercher le ravitaillement et y faire les courses.

— Alors écoutez-moi, je vous paierai le passage très largement si vous me conduisez à la Hul ce soir même.

— Même si vous me payiez plus que je ne l'exige, ce serait trois fois impossible. D'abord tous les bateaux sont enfermés derrière la herse de madriers, le portail lui-même est fermé et de plus chaque barque est fixée et cadenassée à sa poutre, et moi-même je n'ai pas la clé. Deuxièmement, même s'il y avait une barque, il n'y aurait pas de batelier et je vais vous expliquer pourquoi. Voyez-vous là-bas, en direction de l'Orla, les taches blanches sur le lac ? Ce sont des flocons de brouillard qui semblent posés comme sur les pierres de la rive de l'Orla. Nous les appelons les oies. Quand les oies sont assises en ligne, le brouillard arrive. Et lorsque le vent du soir sera tombé, ce vent qui chaque jour après le coucher du soleil souffle des gorges vers le lac, le lac en une demi-heure se couvrira de brume, et il sera impossible de se diriger. Sous l'eau affleurent des arêtes rocheuses, souvent à peine recouvertes. Si l'on venait à heurter l'une de ces arêtes et qu'une déchirure se fît dans la coque, il faudrait alors descendre dans l'eau et y rester debout en attendant d'être vu par quelqu'un. Mais inutile même d'y compter : les pêcheurs ne s'approchent jamais de ces récifs. Vous comprenez cela, jeune monsieur ?

— Oui, je comprends, répondit Victor.

— Et troisièmement, je ne peux vous faire traverser car je serais un mauvais serviteur. Le maître ne m'a pas chargé de vous conduire à la Hul et s'il ne le fait pas, moi je ne vous y conduis pas.

— Bien, répondit Victor, je resterai assis jusqu'à ce que demain un bateau passe assez près pour que je puisse lui faire signe.

— Mais aucun bateau ne s'approche si près, répondit le serviteur. Aucun trafic de marchandises ne traverse jamais ce lac, pour la bonne raison que le seul chemin qui parte de l'autre rive est tout juste un sentier de piétons qui traverse la Grisel, et les voyageurs qui veulent emprunter ce chemin traversent le lac du côté opposé au nôtre. La barre est tellement forte près des rivages de l'île qu'on n'y trouve presque pas de poisson ; aussi les pêcheurs ne s'en approchent-ils que rarement. Il peut se passer huit jours ou plus avant que vous ne voyiez un bateau.

— Eh bien alors, il faudra bien que demain mon oncle me fasse ramener à la Hul, parce que je ne suis venu qu'à sa demande, et que je ne veux pas rester ici plus longtemps, fit Victor.

— Il se peut qu'il le fasse, répondit le serviteur, je ne sais pas, mais ce qu'il y a de sûr, c'est que maintenant il vous attend pour le repas du soir.

— Comment peut-il m'attendre, fit Victor, après m'avoir dit de noyer mon chien et déclaré qu'il ne m'ouvrirait pas si je ne le faisais pas ? Il ne m'a même pas rappelé !

— Je ne sais rien de tout cela, répondit Christophe, mais votre arrivée a été annoncée à l'Ermitage et votre couvert a été mis. De plus Monsieur m'a chargé de vous appeler, puisque vous sembliez ignorer qu'il était l'heure du repas. Il n'a rien dit d'autre. Mais comme je vous ai vu partir de la grille en courant, j'ai pensé lorsqu'il m'a chargé d'aller vous chercher pour souper que je vous trouverais ici. Ne vous voyant pas, je me suis dit tout d'abord que vous étiez reparti sur l'eau, mais c'était impossible car l'homme qui vous a amené avait déjà dû passer la pointe de l'Orla lorsque vous-même êtes revenu.

Comme Victor ne répondait rien, l'homme resta immobile un instant puis il dit encore :

— Monsieur a sûrement déjà commencé à manger, car il a ses heures fixes et il ne s'en écarte jamais.

— Ça m'est bien égal, répondit Victor. Qu'il

mange, qu'il se rassasie même, je ne veux pas de son repas ; mon chien et moi avons déjà mangé le pain que j'avais pris soin de mettre de côté.

— Eh bien, je vais le lui annoncer, continua le domestique. Mais dites-vous bien que vous êtes venu, comme vous l'avez souligné vous-même tout à l'heure, parce que votre oncle le désirait. Il veut s'entretenir avec vous et c'est vous-même qui rendez la chose impossible en couchant à la belle étoile à deux pas de sa maison.

— Je voulais aller vers lui, répondit Victor, je voulais lui parler et le saluer respectueusement, ma mère nourricière elle-même me l'a recommandé, et mon tuteur me l'a enjoint ; mais plutôt que de laisser faire du mal à cet animal qui a su me retrouver et m'a accompagné au risque de sa vie, je préfère affronter mort et blessures.

— Il n'arrivera rien à l'animal, dit Christophe, Monsieur a seulement voulu vous donner un bon conseil ; si vous ne le suivez pas, cela ne le soucie guère. Il n'y pense même plus ; sinon il ne m'aurait pas envoyé vous chercher pour le repas.

— Si vous pouvez me garantir que rien n'arrivera au chien, je veux bien aller avec vous, fit Victor.

— Ça je peux vous le garantir, répondit le domestique, mon maître aura certes complètement oublié quelque chose d'aussi insignifiant qu'un chien, et il ne lui fera rien.

— Alors, viens, mon bon Spitz », fit Victor en se levant. Mais de ses mains qui tremblaient, il prit une ficelle dans son sac — il en avait toujours en réserve — et l'attacha à l'anneau du collier que portait le griffon. Là-dessus il chargea son sac sur l'épaule, ramassa son bâton de voyageur et suivit, cette fois derrière le vieux Christophe, le même chemin qu'il avait déjà pris au crépuscule puis refait dans l'autre sens en courant. Sans le vieux serviteur pour lui montrer la route, il lui aurait été malaisé de la retrouver en pleine nuit. Ils passèrent successivement le taillis, les érables, le jardin des nains, le grand fossé, et arrivèrent à la grille de fer. Là Christophe tira de sa poche un petit objet de métal que Victor prit pour une clé ; mais c'était un petit sifflet, dont le domestique tira un son très aigu : Victor n'y comprenait rien. Le portail s'ouvrit aussitôt, comme tiré par des mains invisibles, et se referma à grand bruit derrière eux. De l'esplanade de sable où ils se trouvaient, Victor regarda la maison. Sur toute la façade il n'y avait que trois fenêtres éclairées, deux au premier étage, une au rez-de-chaussée, tout le reste était dans l'obscurité. Christophe fit monter au jeune homme l'escalier de bois couvert qui de l'esplanade conduisait au premier étage. Ils arrivèrent dans un couloir puis dans la pièce dont il avait vu les deux fenêtres éclairées. Là Christophe quitta l'adolescent sans dire un mot et sortit. L'oncle était assis à table et mangeait seul.

Lorsque Victor l'avait vu pour la première fois, il portait une large redingote grise ; maintenant il l'avait enlevée et avait mis à la place une ample robe de chambre à fleurs. Il portait enfin un petit bonnet rouge à galon doré.

— J'en suis aux écrevisses, dit-il à l'adolescent qui entrait. Tu as mis si longtemps à venir ! Je mange à heure fixe, comme l'exige la santé, et je m'y tiens. On va tout de suite te servir quelque chose. Assieds-toi sur cette chaise en face de moi !

— Mère et mon tuteur vous font dire bien des choses, commença Victor qui restait debout, son havresac sur le dos, désireux de présenter d'abord les devoirs de ses proches, avant d'exprimer ses propres salutations.

Mais l'oncle de ses deux mains qui tenaient chacune un morceau de carapace d'écrevisse brisée fit un grand geste dans l'air avant de reprendre la parole :

— Je connais déjà ton visage, fais ici comme chez toi, puisque je t'y ai mandé et que je te reconnais comme mon invité. Nous en sommes maintenant au repas : assieds-toi et mange. Tout le reste viendra en son temps.

Victor posa donc son havresac dans un coin, puis il alla à la chaise indiquée, tirant le chien derrière lui par sa ficelle. Le vieil homme auquel il faisait face gardait la tête baissée sur son assiette ; son visage maigre devenait plus rouge quand il mangeait. Il déchirait très habilement les écrevisses de ses mains, en détachait la chair, aspirait le jus de la carcasse et des pattes. Victor était arrivé tout plein de bons sentiments, mais pour lors son cœur étouffait et il restait muet, assis en face de son parent qui du reste observait le même silence, tout occupé qu'il était à manger. Sur la table se trouvaient des bouteilles de formes et de couleurs diverses, qui devaient contenir les différentes sortes de vins que l'oncle, vraisemblablement, avait déjà bus ; car près de chaque bouteille se trouvait un verre approprié, avec un petit reste de vin au fond. Il n'y avait plus qu'une bouteille à côté de l'assiette, et de temps à autre le vieil homme s'en versait une goutte dans un petit verre à pied de couleur verte. Entre-temps on avait apporté de la soupe pour Victor. Il la mangeait de la main droite, et de la gauche pressait contre son genou la tête du griffon, assis sous la table. Pendant qu'il mangeait sa soupe, une vieille femme mit devant lui une telle quantité de plats qu'il en fut émerveillé. Il goûta à tout, puis rassasié laissa le reste. L'oncle ne lui avait pas offert de vin, d'ailleurs Victor avait encore horreur du vin et se versait de l'eau à une belle carafe de cristal dont la vieille femme qui faisait le service ne cessait de renouveler le contenu. Jamais il n'avait bu une eau si excellente, si fraîche, si ferme et si forte. Pendant qu'il se rassasiait, l'oncle mangea encore un morceau de fromage, puis toutes sortes de fruits et de sucreries. Là-dessus le vieil homme porta lui-même dans des placards muraux où il les enferma les assiettes qui contenaient, sous une cloche de verre, les restes du dessert. Puis il reversa les fonds de vin dans leurs bouteilles respectives, qu'il rangea semblablement dans des placards.

Près du siège que l'oncle avait occupé pendant le repas s'étendait un épais tapis sur lequel étaient couchés trois vieux chiens trop nourris auxquels le vieillard donnait tantôt une pince d'écrevisse, tantôt une amande, tantôt un peu de sucreries. Déjà, lorsque Victor était entré avec le pauvre Spitz, ils avaient grondé tous les trois, et pendant le repas, chaque fois qu'il tendait un morceau à l'animal, ils poussaient de brefs grognements.

Aussi longtemps que l'oncle avait été occupé à son souper, il n'avait pas adressé la parole à Victor, comme s'il n'avait que le temps de manger. Puis il reprit :

— Ainsi tu as tout de même traîné ton corniaud squelettique jusqu'ici. Quand on a un animal, on doit être capable de le nourrir. Je t'ai donné le conseil de le jeter dans le lac, mais tu ne l'as pas suivi. Je n'ai jamais pu souffrir les chiens des étudiants ; ce sont de lamentables créatures, et naturellement, ce sont ces gens-là qui veulent toujours avoir des chiens ! Où l'as-tu donc pris et comment se fait-il que tu l'amènes chez moi, sans lui avoir donné en route de quoi manger ?

— C'est le chien de ma mère nourricière, mon Oncle, fit Victor, je ne l'ai pris nulle part, je ne l'ai ni acheté, ni acquis en échange de quoi que ce soit, mais le surlendemain de mon départ, il m'a rejoint. Il a dû pour cela beaucoup courir, ce à quoi il n'était pas habitué ; il a dû aussi éprouver de grandes peurs, ce qu'il n'a pas non plus connu chez ma mère nourricière, c'est pourquoi au cours des jours qui ont suivi il est devenu maigre comme vous le voyez, et comme il n'a jamais été, bien que je lui aie donné à manger autant qu'il pouvait en avaler. Permettez-moi donc, s'il vous plaît, de le garder auprès de moi dans votre maison, que je puisse le rendre à ma mère nourricière, sinon je me verrais obligé de repartir sur-le-champ pour le lui ramener.

— Et tu l'as toujours ainsi jour et nuit auprès de toi ?

— Certes !

— Tu vas voir, un jour il te sautera à la gorge.

— Jamais de la vie ! Comment cela lui viendrait-il à l'idée ? Il s'étend à mes pieds quand je me repose ou que je dors, il pose sa tête dessus, et il aimerait mieux mourir de faim que de me quitter ou me faire du mal.

— Alors donne-lui à manger, et pense à l'eau, qu'il n'aille pas se mettre en fureur.

Lorsque le dîner fut terminé, la vieille femme desservit, remportant les restes de nourriture les uns après les autres. Christophe, que Victor n'avait pas revu depuis qu'il était allé le chercher, reparut lui aussi.

L'oncle s'adressa au domestique qui entrait :

— Ferme-leur bien la porte du chenil, qu'il n'y en ait pas un qui sorte, mais laisse-les d'abord se promener un peu sur le sable de l'esplanade.

A ces mots, les trois chiens s'étaient levés, comme sur un signe convenu. Deux suivirent Christophe, qui dut prendre le troisième par le collier et le traîner dehors.

— Je vais te montrer moi-même ta chambre, dit l'oncle à Victor, puis il alla au fond de la pièce qui restait plongée dans une profonde obscurité car une unique lampe brûlait sur la table. Il prit un bougeoir sur une console, ou quelque chose d'approchant qu'on ne pouvait bien distinguer, revint, alluma la bougie et dit :

— Maintenant, suis-moi.

Victor attrapa son sac par une courroie, saisit son bâton, tira le griffon par la corde et suivit l'oncle. Celui-ci le conduisit par un couloir où se trouvaient alignées de très vieilles armoires, puis tournant à angle droit il le précéda dans un autre couloir, enfin dans un troisième qui était fermé par une grille de fer. L'oncle ouvrit la grille, fit encore quelques pas devant Victor, ouvrit une porte et dit :

— Voici tes deux pièces.

Victor fit le tour des deux chambres. La première était la plus grande.

— Tu peux enfermer le chien dans la petite pièce pour qu'il te laisse tranquille, fit l'oncle, et ferme bien les fenêtres à cause de l'air de la nuit.

Sur ces mots il alluma la bougie qui se trouvait sur la table de la première chambre et sortit. Victor l'entendit fermer la grille du couloir, puis le bruit traînant de ses pantoufles s'éloigna, et sur la maison tomba un silence de mort. Pour bien se convaincre qu'il avait entendu fermer la grille, Victor retourna dans le couloir ; il constata qu'elle était verrouillée.

— Pauvre homme que tu es, pensa-t-il, aurais-tu par hasard peur de moi ?

Il posa la bougie à côté de la cuvette de zinc toute cabossée et gagna la plus grande des fenêtres qui s'ouvraient côte à côte dans la pierre. Victor regarda la nuit à travers les barreaux, et le poids qui pesait sur son âme commença à s'alléger. Il voyait un ciel pâle, avec peu d'étoiles. Déjà la lune devait monter de l'autre côté de la maison car il en voyait briller faiblement la lumière sur le feuillage d'un arbre proche, mais les montagnes en face étaient complètement obscures. La Grisel dont il avait si souvent été question au cours de la journée, il la reconnut immédiatement. Sa silhouette noire se dressait sur l'argent du ciel, la pente en était à peine bombée ; à la proue se tenait suspendue une étoile.

Victor regarda longtemps dehors.

— Dans quelle direction peut bien être la vallée de ma mère, et la chère maison éclairée, parmi l'ombre obscure des buissons ?

Après les nombreux méandres de l'Afel et les couloirs à angle droit de la maison il n'arrivait plus à s'orienter.

Là-bas aussi les étoiles dispensent leur lumière, le sureau est immobile et les eaux coulent. Mère et Hanna dorment sûrement déjà, ou bien elles sont encore assises à la table où elles ont mangé et, tout en travaillant, elles pensent à moi. Peut-être même parlent-elles de moi.

Or devant ses fenêtres l'eau s'étendait aussi, une eau bien plus vaste que celle de son vallon maternel, mais il ne pouvait la voir car un brouillard blanc et immobile la recouvrait, que tranchait la découpe d'une ligne horizontale.

— Dans la chambre où je dormais personne n'est à la fenêtre, personne ne regarde les miroitements du ruisseau, les arbres qui le bordent, les montagnes sur lesquelles s'étirent les champs.

Pendant qu'il regardait dehors, l'air froid de la nuit entrait peu à peu. Victor ferma les fenêtres et jeta encore un coup d'œil dans la seconde pièce avant de se coucher. Elle était semblable à la première à ceci près qu'elle n'avait pas de lit. Dans une niche on pouvait voir une peinture noircie par la patine, qui représentait un moine. Victor ferma l'étroite fenêtre, passa dans l'autre pièce et alla vers son lit. Sans y songer il n'avait cessé de traîner le chien derrière lui par sa ficelle. Il la détacha du collier qu'il ôta ensuite et dit à l'animal :

— Couche-toi où tu veux, Spitz, nous n'allons tout de même pas verrouiller nos portes respectives !

Le chien le regardait comme s'il voulait lui faire comprendre combien tout lui paraissait étrange, au point qu'il ne savait même plus où il était.

Victor à son tour tira le verrou de la chambre ; comme il se déshabillait, il se rendit compte que ce jour-là, dans toute la maison, il n'avait vu que trois personnes : toutes étaient âgées.

Après avoir dit sa prière du soir qu'il récitait consciencieusement depuis qu'il était tout enfant, il se mit au lit. Il laissa quelque temps encore brûler la lumière sur sa petite table de nuit. Puis ses paupières s'alourdirent et les sens commencèrent à lui manquer. Alors il éteignit la bougie et se tourna vers le mur.

Spitz, comme de coutume, se coucha au pied de son lit sans lui faire le moindre mal, et la nuit passa sur ces deux êtres fatigués comme si elle n'avait été qu'un instant.

Séjour

Le lendemain à son réveil, Victor fut saisi par la terrifiante beauté du paysage qui s'offrait à lui : au fond, la Grisel se dressait, étincelante de lumière, et alors que la nuit elle lui avait semblé la plus haute des montagnes, elle se trouvait à présent dominée par d'autres sommets qu'il n'avait pu voir dans l'obscurité et qui luisaient maintenant d'un bleu tendre, montrant par places, nichés dans les creux, des névés d'une blancheur de cygne. Tout semblait fondu en mille éclats de lumière. Les grands arbres devant la maison étaient tout humides, au point qu'il ne se rappelait pas avoir jamais vu pareille rosée ; les herbes dégouttaient, partout couraient de grandes ombres ; et tout ce spectacle, reflété, se répétait dans le lac qui, débarrassé de tout reste de brouillard, s'étendait comme le plus brillant des miroirs. Victor avait ouvert ses fenêtres et passé son frais visage entre les barreaux. Son étonnement était extraordinaire. Le silence où se trouvait plongée l'énorme masse des montagnes formait un contraste extrême avec le remue-ménage de lumière et de couleurs. On ne voyait nulle part âme qui vive, pas même devant la maison ; parfois seulement quelques oiseaux gazouillaient dans les érables. Les hauteurs pouvaient bien, de l'autre côté, retentir d'un grand vacarme matinal, elles étaient beaucoup trop loin pour qu'on en perçût rien. Victor avançait la tête entre les barreaux aussi loin qu'il le pouvait afin de regarder tout autour de lui. Il voyait une bonne partie du lac. Des pentes abruptes l'entouraient de toutes parts, et il n'arrivait même pas à reconnaître l'endroit où il avait accosté. Le soleil de son côté s'était levé en un point fort différent de ce que Victor attendait, c'est-à-dire derrière la maison, si bien que ses fenêtres étaient encore dans l'ombre, ce qui ne faisait qu'aviver l'éclat des parois qu'il avait en face de lui. Pour la lune aussi, il s'était trompé : avec son faible éclat, il l'avait prise la veille pour un maigre quartier, et c'était bel et bien une demi-lune qu'il y avait encore au ciel à cette heure au-dessus des dents de la montagne. Victor n'avait jamais eu l'occasion d'observer les effets de la lumière en montagne. En avait-il fallu, se disait-il, des flots de lumière sur ces lointaines murailles pour les éclairer autant que le clocher de son village qui se dressait toujours si clair et d'un blanc si lumineux dans l'air bleu de la nuit. Bien que le soleil fût déjà assez haut, l'air qui entrait par les fenêtres était encore d'une fraîcheur et d'une humidité qu'il n'avait jamais connues chez lui ; mais cela ne le gênait pas, au contraire il se sentait vivifié par ces souffles piquants et forts.

Il finit par quitter la fenêtre et commença à vider son havresac pour y prendre d'autres vêtements que ceux qu'il avait portés durant son voyage ; aujourd'hui, se disait-il, l'oncle allait lui parler et lui expliquer pourquoi il l'avait fait venir sur cette île perdue. Il sortit du linge propre, brossa le costume qu'il avait emporté en plus de sa tenue de marche, et utilisa largement l'eau pure de la cruche de zinc pour se débarrasser de la poussière des chemins. Après quoi il s'habilla en mariant les couleurs de ses vêtements comme il avait appris à le faire chez sa mère nourricière, cette femme si méticuleuse. Il avait même brossé et peigné le griffon qui était si peu le bienvenu dans cette maison. Il lui remit le collier et attacha une corde à l'anneau. Quand tous deux furent fin prêts, Victor déverrouilla sa porte ; il voulait se rendre dans la pièce où ils avaient mangé la veille au soir, pour aller retrouver son oncle. Mais dans la galerie il s'aperçut que, pour la première fois, il avait oublié sa prière du matin. Ces grandes impressions du matin même, toutes nouvelles pour lui, en étaient sûrement la cause. Ainsi retourna-t-il dans sa chambre : il se mit près de la fenêtre et prononça les mots très simples qu'il avait jadis, en secret, lui-même imaginés pour prier. Alors seulement, et pour la seconde fois, il prit le chemin qui devait le mener jusqu'à l'oncle.

La grille de fer du couloir n'était plus fermée et il trouva facilement la galerie par laquelle on l'avait conduit hier soir jusqu'à la salle à manger. Mais il n'y avait là aucune porte qui eût pu donner sur d'autres pièces ; on n'y voyait que de vieux placards, pareils à ceux qu'il avait aperçus déjà la veille au soir à la lueur de la bougie. Les fenêtres de la galerie étaient barrées de planches, sauf vers le haut où se trouvait ménagée une petite ouverture munie de vitres pour la lumière. On eût dit que par peur de la liberté et du jour on ne voulait pour ces galeries que l'obscurité. Comme Victor cherchait son chemin, il vit sortir de l'un des placards la vieille femme qui avait servi les plats lors du souper de la veille. Elle portait des tasses et des écuelles, et s'en retourna par une autre de ces armoires. En regardant mieux la première, il s'aperçut qu'elle tenait seulement lieu de garniture ; la véritable porte s'ouvrait derrière : c'était celle-là même par laquelle il était entré la veille chez son oncle, il en reconnaissait le marteau et la poignée, qu'il avait remarqués à la lumière de la bougie. Il frappa légèrement le marteau, et ayant reçu en réponse un bruit qui ressemblait un peu à un

« entrez », il ouvrit et pénétra dans la pièce. C'était bien la salle à manger de la veille, et c'est là qu'il découvrit l'oncle.

Les nombreuses armoires, toutes semblables, qui se trouvaient dans le couloir semblaient n'avoir été disposées que pour égarer toute personne qui, entrant dans un mauvais dessein, en eût été ainsi détournée, car il lui aurait fallu perdre bien du temps à tenter de distinguer les bonnes portes des mauvaises. Les mêmes raisons de sécurité, semblait-il, avaient amené à barricader les fenêtres de la galerie.

Ce jour-là l'oncle portait la même redingote grise que Victor avait remarquée sur lui la veille lorsqu'il se tenait près du portail. Debout sur un tabouret, il tenait dans la main un oiseau empaillé dont il enlevait la poussière au pinceau.

— Je vais te donner dès aujourd'hui l'horaire des activités de la maison copié par Christophe, pour que tu puisses t'y conformer. J'ai déjà pris mon petit déjeuner : c'était l'heure.

Il n'adressa point d'autre salutation ni de souhait de bienvenue à son neveu qui venait d'entrer.

— Je vous souhaite bien le bonjour, mon Oncle, fit Victor, et je vous demande pardon d'avoir manqué l'heure du petit déjeuner : je ne la connaissais pas.

— Bien sûr, tu ne pouvais pas la connaître, stupide garçon, et personne non plus ne te demandait de la respecter. Mets de l'eau pour ton chien dans cette écuelle de bois.

A ces mots il descendit du tabouret, alla jusqu'à une échelle, y monta et posa l'oiseau sur l'étagère supérieure d'une vitrine. Il en reprit un autre, qu'il se mit à nettoyer de la même façon.

A la lumière du jour, Victor pouvait voir maintenant à quel point cet homme était maigre et chenu. Ses traits n'exprimaient ni bienveillance ni sympathie, ils étaient fermés comme ceux de quelqu'un qui se tient sur la défensive, n'ayant visiblement eu d'amour des années durant que pour sa propre personne. Ses bras flottaient dans les manches de sa redingote, d'où émergeait vers le haut un cou tout rouge et tout plissé.

Il avait les tempes creuses, et sa chevelure, qu'on n'aurait pu dire vraiment grise, mais seulement poivre et sel, était tout autour en broussaille : aucune main tendre ne l'avait jamais caressée.

Ses yeux proéminents sous ses sourcils bas ne quittaient pas l'oiseau mort. La bordure du col de la redingote était fort sale ; la chemise dépassait de la manche : jamais chez sa mère nourricière il n'en avait vue d'aussi malpropre. Partout alentour on ne voyait que des choses sans vie, des objets abîmés. On trouvait en vrac dans cette pièce des chevalets, des étagères, des clous, des bois de cerfs qui tous portaient quelque chose. Et comme on ne jetait manifestement rien, la poussière s'accumulait partout ; depuis des années personne n'avait rien dû toucher. Sur une table se trouvait entassé tout un ballot de colliers de chien, eux-mêmes intérieurement couverts de poussière ; les tabatières qu'on n'avait pas manipulées depuis une éternité étaient toutes momifiées de plis ; quant à la collection de pipes, elle montrait des tuyaux qui ne joignaient plus. Les papiers jaunissaient sous le presse-papiers. La pièce, où une voûte en arcs brisés tenait lieu de plafond, avait dû être peinte à l'origine, mais les nuances claires et obscures s'en étaient fondues en une seule teinte sombre, passée et uniforme. Le sol était recouvert d'un tapis déteint, sauf à l'endroit où le maître de maison prenait ses repas : il y avait là une petite carpette de couleurs vives, où les trois chiens étaient précisément en train de se vautrer.

Victor, debout, offrait un curieux contraste avec cette pièce où se tenait habituellement son oncle. Son beau et frais visage avait presque l'innocence de celui d'une jeune fille ; il reflétait la force et le désir de vivre, avec ses cheveux châtain bien peignés. Ses vêtements étaient d'une telle propreté qu'on les aurait crus sortis à l'instant des mains d'une mère aimante.

Il restait là debout à regarder faire son oncle. Et celui-ci continuait comme s'il était tout seul. Il avait dû commencer son travail depuis longtemps déjà, sans doute dès l'aube, car un grand nombre d'oiseaux étaient déjà nettoyés, les autres, gris de poussière, attendant leur tour derrière les vitres. La vieille femme qui tout à l'heure était passée près de Victor sans lui adresser la parole apportait maintenant un plateau de petit déjeuner qu'elle déposa en silence devant lui. Victor en conclut qu'il lui était destiné, puisqu'on l'apportait à son arrivée. Il s'attabla donc, mais ne mangea que sa ration habituelle à pareille heure, car ce qui lui était servi excédait de beaucoup ses besoins ; c'était un petit déjeuner à l'anglaise : du thé et du café pour commencer, puis des œufs, du fromage, du jambon et du rôti de bœuf froid. Le griffon était à la fête et Victor lui en donnait plus qu'il n'en avait jamais eu pour son repas du matin.

— As-tu déjà versé de l'eau dans l'écuelle, demanda l'oncle ?

— Non, répondit Victor, j'ai oublié. Mais je vais le faire tout de suite.

De fait le jeune homme oubliait, à force de regarder son oncle, ce que celui-ci lui disait de faire. Il prit sur la table la grande carafe pleine de cette merveilleuse eau de source de la veille au soir, et en versa une partie dans une cuvette en bois tout poli qui se trouvait près de la porte contre le mur. Quand l'oncle constata que le chien avait bu, il interrompit son travail et appela ses chiens pour les faire boire à leur tour. Aucun d'eux n'en manifestant l'envie, car ils s'étaient sûrement déjà abreuvés, l'oncle appuya sur une manette qui se dressait près des bords de la cuvette, et l'eau s'écoula par un clapet de métal qui avait pivoté au fond. Cette installation fit presque sourire Victor ; chez lui, à la maison, tout était tellement plus simple et bon enfant : le griffon buvait au ruisseau, à l'air libre, et mangeait sous le pommier.

— Je te montrerai peut-être un jour le portrait de ton père, dit l'oncle, tu verras pourquoi je t'ai reconnu tout de suite.

Sur ce le vieil homme remonta sur l'échelle et prit un autre oiseau. Victor se tenait toujours immobile dans la pièce, attendant de son oncle un début d'explication sur ce qui avait motivé le voyage qu'il venait de lui faire faire. Mais l'autre ne cessait de nettoyer ses oiseaux sans dire un mot. Après quelque temps, il déclara seulement :

— Le déjeuner est à deux heures précises. Règle ta montre sur celle que tu vois là-bas et sois exact.

Victor étonné demanda :

— Vous ne voulez pas me voir du tout jusque-là ?

— Non, répondit son oncle.

— Eh bien, je ne vous ferai pas perdre davantage votre temps ; je vais sortir, je veux aller voir le lac, les montagnes et l'île.

— Fais comme il te plaît, dit l'oncle.

Victor sortit rapidement mais il trouva fermée la porte qui donnait sur l'escalier de bois. Aussi retourna-t-il près de son oncle pour le prier de la lui faire ouvrir.

— Je vais t'ouvrir moi-même.

Il déposa son oiseau et sortit avec Victor. Il tira une clé de sa redingote grise et ouvrit la porte qu'il ferma aussitôt au verrou derrière le jeune homme.

Celui-ci descendit en courant l'escalier jusqu'à l'esplanade. Là des flots de lumière l'inondèrent, réjouissant ses yeux. Il tourna la tête pour contempler la maison de dehors. C'était une solide bâtisse d'aspect sombre, qui ne comptait qu'un étage — celui où il avait dormi. Il reconnut les chambres à leurs fenêtres ouvertes : toutes les autres étaient fermées. Tous les volets étaient délavés par les intempéries, et chaque fenêtre était munie de solides barreaux de fer. Le portail principal était barricadé ; l'escalier de bois recouvert d'un toit qui partait de l'esplanade semblait être le seul moyen d'accès à la maison. Comme tout était différent de chez lui, où de légers rideaux blancs flottaient devant les fenêtres toujours ouvertes, et où l'on pouvait du jardin voir danser joyeusement les flammes du fourneau de la cuisine !

Victor tourna les yeux vers l'esplanade qui s'étendait devant la bâtisse. C'était l'endroit le plus avenant des alentours. Au fond, de grands arbres bordaient les murs, pour le reste le sol était recouvert de sable ; çà et là était disposé un petit banc ; enfin l'espace s'ouvrait sur des parterres de fleurs et se terminait en direction du lac par un véritable jardin avec des massifs de buissons.

De part et d'autre poussaient des arbres d'ornement. Victor se promena sur l'esplanade ; l'air et le soleil lui faisaient le plus grand bien. Mais il voulait aller plus loin et tout voir. Il avait remarqué une allée plantée de très vieux tilleuls, qui partait de la maison. Les arbres étaient si hauts, si touffus, que sous eux le sol en était tout humide et que l'herbe y était du plus beau et du plus tendre vert. Victor marchait au milieu de l'allée. Il arriva à un vieux bâtiment dont le haut et large portail fermé était tout rouillé. La voûte au-dessus du portail portait des armoiries : celles d'un abbé, et à côté celles du couvent. Au pied du portail, l'herbe était épaisse et douce, ce qui semblait indiquer que personne n'était venu là depuis longtemps. Victor comprit qu'il ne pourrait pas passer par cette porte et il se mit à longer le bâtiment. La muraille grise et rectangulaire supportait un toit d'ardoises presque noir que dominait de haut la stature des grands arbres de l'île. Les fenêtres étaient munies de barreaux mais la plupart des vitres avaient été remplacées par des planches que les pluies avaient délavées. Une autre porte, plus petite celle-ci, était aussi barricadée. Plus loin, derrière, se dressait un haut mur qui devait entourer la propriété ; une entrée s'y trouvait ménagée : c'était la grille de la rencontre avec l'oncle. Le long d'une avancée de ce mur s'étendait le jardin du monastère ; Victor apercevait les deux grosses tours, étonnamment basses, de l'église. Les arbres fruitiers étaient presque redevenus sauvages, et la plupart d'entre eux étaint tout cassés. Contrastant avec ce passé mélancolique, le présent surgissait de toute part, dans le bourgeonnement de son éternelle jeunesse. Se détachant sur la verdure de l'île couverte de végétation, les hautes parois des montagnes, aux couleurs fondues et gaies, envahissaient tout d'un tel calme que les ruines, ce vestige du passé humain, n'étaient plus qu'un point minuscule à peine perceptible au milieu de ce débordement de vie foisonnante. Déjà sur la pierre les cimes des arbres projetaient leurs ombres, le liseron escaladait les murailles, pressé de redescendre de l'autre côté ; en bas le lac chatoyait et le soleil faisait étinceler tous les sommets en une fête d'or et d'argent.

Victor aurait bien aimé faire tout le tour de l'île qui ne devait pas être bien grande mais il dut bientôt se rendre à l'évidence : l'ancien monastère ainsi que tous les bâtiments annexes et les divers jardins étaient, comme il l'avait d'abord supposé, entourés d'un mur d'un seul tenant que des buissons pleins de fleurs semblaient seuls interrompre par endroits. Il regagna l'esplanade sablée, où il resta un bon moment ; il observa les barreaux et tenta de déverrouiller la porte. Il se sentait hors d'état de monter jusqu'auprès de l'oncle pour le prier de lui faire ouvrir les portes ;

cela lui répugnait trop. Les deux vieux domestiques mis à part, tout semblait mort dans l'ensemble du bâtiment. Il préféra donc quitter la grille et marcher en direction du lac pour contempler le paysage de quelque surplomb rocheux. Il en découvrit bientôt un qui avait bien la hauteur d'une maison. Tout en bas l'eau bordait doucement la plage ; en face se dressait la Grisel dont la pente riante mirait dans l'eau la parure éclatante de ses pierres blanches. Quand il regardait les parois des montagnes que baignait cette eau sombre, immobile et lisse, Victor se croyait comme en une prison, et se trouvait bien près d'avoir peur. Il tenta de voir s'il n'y avait pas un endroit d'où il serait possible de descendre jusqu'au bord de l'eau, mais la paroi fouettée par le vent et la pluie était lisse comme du fer, et formait même une saillie en surplomb au-dessus de l'eau.

« Comme elles doivent être hautes, les parois de la Grisel, se dit Victor, pour m'apparaître de si loin telles les enceintes d'un palais ! Mais quand je suis arrivé, la rive des falaises ne m'avait semblé être qu'une ligne de sable blanc. »

Il resta quelque temps encore au même endroit, puis il suivit le mur rocheux jusqu'à l'enceinte du monastère, qui descendait verticalement dans l'eau. Il fit alors demi-tour et suivit encore la rive jusqu'au mur opposé, de l'autre côté de l'abbaye. Avant d'y parvenir, il trouva sur son chemin un orifice maçonné comme une entrée de cave, d'où descendaient des marches. Il pensa qu'il pouvait s'agir d'un escalier menant au lac ; ne pouvait-on pas, par exemple, aller chercher de l'eau en passant par là ? Il s'y engagea aussitôt : c'était bien un escalier, mais voûté, dont les innombrables marches le conduisirent en effet jusqu'à l'eau ; mais quelle ne fut pas sa surprise de trouver, au lieu d'un pauvre point d'arrosage, une véritable salle. En débouchant de l'escalier obscur, il aperçut deux parois faites de gros blocs, qui se prolongeaient à droite et à gauche jusqu'au lac ; des corniches permettaient de longer le plan d'eau qui formait ici comme le plancher d'une salle. Le tout était recouvert d'un robuste toit ; comme les murs n'avaient pas de fenêtres, toute la lumière provenait du mur du fond, ouvert sur le lac, mais muni d'une clôture de fortes poutres de chêne ; quant au dernier mur, il était constitué par la paroi rocheuse de la falaise. De nombreux plots étaient fichés dans le sol. Certains d'entre eux retenaient des barques amarrées au moyen d'un cadenas de fer. Cette salle était fort spacieuse ; nombreuses avaient dû être jadis les embarcations du même type, à en juger d'après l'usure des anneaux fixés aux plots ; il n'en subsistait que quatre aujourd'hui, assez neuves et fort bien construites, toutes attachées à leurs anneaux par des chaînes et des cadenas. La herse de bois était percée de plusieurs portes permettant l'accès des bateaux au lac, mais toutes étaient verrouillées et les madriers descendaient dans l'eau jusqu'à une profondeur invisible.

Victor resta là sans bouger à regarder le vert scintillement du lac entre les poutres de chêne noir. Après un moment, il alla s'asseoir sur le bord d'une barque et trempa la main dans l'eau pour en apprécier la température ; elle n'était pas aussi fraîche qu'on aurait pu s'y attendre, si on en jugeait au moins par sa transparence. Victor, tout enfant déjà, aimait la nage par-dessus tout : sachant que la maison de son oncle était bâtie sur une île, il avait pris son costume de bain dans ses affaires afin de se livrer tout son saoul à son plaisir favori. Cela lui revint tout à coup dans cette salle, et il commença à repérer du regard les endroits où il pourrait plonger, mais il ne tarda pas à se rendre compte qu'il ne fallait pas y compter, car là où étaient amarrées les barques, il n'y avait pas assez d'eau, et là où l'eau devenait plus profonde, la herse fermait le passage. Il n'était pas question de passer à la nage entre les poutres, si rapprochées que même quelqu'un de très mince n'aurait pu s'y faufiler. Il ne lui restait donc d'autre solution que de se contenter de cette salle à l'avenir, et d'y venir tout juste se tremper.

Sur-le-champ il se mit à ce projet, ôtant juste ce qu'il fallait de vêtements pour laver quelques endroits de sa personne : les épaules, la poitrine, les bras et les pieds. Il baigna également le chien, puis se rhabilla et remonta l'escalier. Revenu sur la falaise, il fut bientôt arrêté par l'autre extrémité du mur d'enceinte qui, comme tout à l'heure, tombait à pic dans le lac et prolongeait si directement le roc que même un lapin n'aurait pu trouver la place de le contourner. Le garçon resta ainsi quelque temps, désœuvré, tout comme si sa tâche de la journée se trouvait soudain terminée ; puis il retourna à l'esplanade, où il s'assit pour se reposer de son bain et sécher son chien. La maison de l'oncle, en face de lui, était comme il l'avait laissée le matin. Il n'y avait d'ouvertes que les fenêtres de la chambre où il avait dormi, encore les avait-il ouvertes lui-même : tout le reste demeurait clos. Personne ne sortait, personne n'entrait. Peu à peu, les ombres tournaient et le soleil qui au début de la matinée était derrière la maison en éclairait maintenant la façade. A être assis comme il l'était, à regarder les murs aveugles, Victor pensait être parti de chez lui depuis un an déjà. Enfin sa montre indiqua deux heures. Il se leva, monta l'escalier de bois ; quand il cogna le marteau de la porte, son oncle vint aussitôt lui ouvrir, le précéda jusque dans la salle à manger, et tous deux se mirent à table sans attendre.

Ce repas de midi ne se distingua de celui de la veille au soir que sur un point : cette fois l'oncle et le neveu mangèrent ensemble. A part cela, tout était comme la veille. L'oncle parla peu, autant dire point ; plusieurs sortes de vins étaient sur la table et l'oncle s'offrit même à lui en verser ; mais Victor refusa : jusque-là il n'avait jamais bu que de l'eau, et il comptait s'y tenir. L'oncle, pas plus que la veille, ne souffla mot du voyage de Victor ; à la fin du repas il se leva et s'occupait déjà à tripoter une foule de menus objets qu'il y avait là. Victor comprit qu'il était congédié : obéissant à son inclination, il retourna dehors.

L'après-midi, sous une chaleur aussi intense dans ce fond de vallée qu'avait pu l'être le froid du matin, Victor, en traversant le jardin d'agrément, vit l'oncle assis sur un banc en plein soleil : il ne daigna pas appeler Victor, et Victor n'alla pas non plus vers lui.

Ainsi passa la première journée. Le repas du soir, auquel il avait été convié pour neuf heures, se termina pour lui comme la veille. L'oncle le conduisit dans son appartement et verrouilla la grille de fer de la galerie.

De toute la journée, Victor n'avait pas vu le vieux Christophe, seule la vieille femme servait à table — si on peut appeler « servir » le fait d'apporter et de remporter les plats. Tout le reste, l'oncle le faisait lui-même ; et c'était lui encore qui rangeait les fromages et les vins.

Le lendemain, le petit déjeuner terminé, l'oncle s'adressa à Victor après qu'ils eurent tous deux quitté la table :

— Entre donc ici un instant, veux-tu ?

Sur ces entrefaites il avait ouvert une porte à

peine visible dissimulée dans la tapisserie ; il précéda Victor dans une pièce contiguë à la salle à manger ; elle était dans un désordre incroyable : à côté d'une bonne centaine d'armes à feu rangées par espèces et par époques dans des vitrines, des cors, des gibecières, des cornes à poudre, des cannes, tout un bric-à-brac se trouvait entassé un peu partout. Ils traversèrent cette pièce puis une autre, qui elle était vide, et parvinrent dans une troisième où se trouvaient quelques meubles très anciens. Au mur était accrochée une unique peinture, de forme ronde, comme ces toiles sur lesquelles on a coutume de peindre les armoiries; elle était entourée d'un large cadre ajouré et doré, fort ancien.

— C'est le portrait de ton père, à qui tu ressembles tellement, fit l'oncle.

Un adolescent d'une beauté extraordinaire, plutôt encore un enfant à vrai dire, y était représenté en habit bouffant de couleur brune bordé de tresses d'or. La peinture, sans être un chef-d'œuvre, était cependant traitée avec cette exactitude et cette profondeur qui s'observe encore si souvent dans les portraits de famille du siècle dernier. Aujourd'hui, c'est le superficiel et la brutalité des couleurs qui l'emportent. Les tresses d'or du vêtement avaient été représentées avec un soin tout particulier. Elles brillaient dans la demi-obscurité de la pièce et par contraste se détachaient nettement des boucles couvertes de poussière blanche et du gracieux visage dont les ombres étaient particulièrement pures et transparentes.

— Dans cette école aristocratique, dit l'oncle, une sotte coutume voulait qu'on fît le portrait de tous les jeunes élèves à titre de souvenir, pour le placer ensuite dans ces espèces d'écussons ronds et l'accrocher dans les galeries, les salles, ou même les chambres. Les élèves achetaient les cadres eux-mêmes. Ton père a toujours été vaniteux et il s'est fait peindre. J'étais alors beaucoup plus beau que lui, et je ne me suis jamais fait peindre. Lorsque l'école disparut, j'ai acheté ce tableau.

Victor, qui ne pouvait se rappeler ni son père ni sa mère, puisqu'il les avait perdus tout enfant, sa mère d'abord, son père peu après, se tenait devant le portrait de celui à qui il devait la vie ! Le cœur tendre de l'adolescent fut envahi peu à peu par ce sentiment que les orphelins doivent bien souvent éprouver quand ils se trouvent, eux, en présence des portraits peints de leurs parents alors que d'autres ont devant les yeux leurs père et mère en chair et en os. C'est un sentiment plein d'une profonde mélancolie, mais qui prodigue aussi une consolation d'une douce tristesse. Le portrait renvoyait à un passé écoulé depuis longtemps : le sujet représenté était alors plein d'un jeune bonheur, riche d'espérance, tout comme celui qui le contemplait à présent, jeune lui aussi et débordant de son inépuisable espoir offert au monde.

Victor ne parvenait pas à se l'imaginer en homme fait, peut-être en vêtement strict et foncé, et penché avec inquiétude sur son propre berceau ; il ne pouvait davantage se le représenter sur son lit de malade, puis en cadavre blême posé dans son étroit cercueil et descendu dans une fosse. Tout cela était arrivé dans un temps lointain où l'enfant ne percevait pas encore les impressions de ce monde, ou alors était incapable de les conserver plus d'une heure. Il regardait maintenant le visage extraordinairement gracieux, franc et insouciant du jeune garçon. Il pensait que s'il vivait encore, il serait aussi vieux que l'oncle ; mais il n'arrivait pas à s'imaginer que son père aurait pu ressembler à son oncle. Il resta longtemps à le regarder, et lui vint l'idée que s'il entretenait un jour de meilleures relations avec son oncle, il lui demanderait de lui faire cadeau du tableau, car à coup sûr lui ne devait pas beaucoup y tenir pour le laisser accroché là, seul sur le mur de cette pièce en désordre, le cadre couvert de poussière.

L'oncle cependant, debout à côté de Victor, regardait tantôt le tableau tantôt le jeune homme. Il n'avait pas montré d'émotion particulière, et comme Victor s'éloignait du tableau, il passa aussitôt devant pour le conduire hors de ces pièces. Sans rien ajouter à propos du tableau ni du père, il lâcha simplement ces seuls mots :

— La ressemblance est étonnante !

Lorsqu'ils furent revenus dans la salle à manger, il ferma soigneusement la porte cachée dans la tapisserie et commença comme à son habitude à arpenter la pièce, à saisir dans ses mains tel objet parmi ceux qui étaient là, à le changer de place ou à le ranger ; d'où Victor conclut, par expérience, qu'il ne voulait pour l'instant plus avoir affaire à lui.

Il se résolut donc à redescendre se promener dans l'île. La porte de l'escalier, une fois de plus, était fermée. Et Victor ne voulait pas aller trouver l'oncle pour qu'il la lui ouvrît ; il pensa au placard de la veille, par où était passée la vieille femme avec ses plats : sans doute dissimulait-il un passage. Il trouva bientôt le placard ; effectivement, derrière la porte, un escalier descendait, qu'il emprunta. Mais au lieu de parvenir à l'air libre, il déboucha à la cuisine où il ne trouva que la vieille, fort occupée par les préparatifs du repas de midi. Elle était seulement aidée dans cette tâche par une fille plus jeune, qui avait l'air d'être presque idiote. Victor demanda à la vieille femme si elle ne pouvait pas lui ouvrir la porte du jardin.

— Bien sûr, dit-elle, et remontant avec lui l'escalier par lequel il était descendu, elle alla chercher l'oncle qui ouvrit aussitôt et fit sortir le jeune homme.

Victor se rendait bien compte maintenant que l'escalier de bois était la seule issue de la maison. Quelle méfiance ne fallait-il pas pour la tenir fermée, quand un mur infranchissable entourait toute la propriété.

Cette journée se déroula comme la précédente. Victor se présenta à deux heures pour le déjeuner, puis il repartit. Vers le soir seulement se produisit quelque chose d'inhabituel. Victor vit un bateau se diriger sur l'île, droit vers la herse qu'il avait découverte la veille. Il descendit en courant vers la salle aquatique. Le bateau arrivait ; la herse fut déverrouillée de l'extérieur et le vieux Christophe entra seul à bord d'une barque. Il était allé faire le marché à la Hul et à Attmaning. Victor n'arrivait pas à comprendre en voyant son chargement comment le vieil homme avait pu entasser une telle quantité de choses et faire seul avancer son bateau. Il regrettait aussi de n'avoir pas su que le vieux serviteur était parti : il lui aurait confié une lettre pour sa mère adoptive. Christophe commença à décharger les marchandises rapportées. Aidée par la jeune idiote, il porta les diverses sortes de viandes à la glacière, sur une espèce de civière. Victor remarqua qu'on avait ouvert à cette fin une porte de fer tout au fond de la maison. Lorsqu'il eut descendu l'escalier derrière cette petite porte, il découvrit à la lumière de la lanterne qu'on venait d'allumer une énorme masse de glace sur laquelle se trouvaient toutes sortes de provisions, et qui répandait dans la pièce un froid terrible. Le déchargement ne fut terminé qu'à la tombée de la nuit.

La troisième journée se passa comme les deux premières. Et la quatrième, et la cinquième.

En face, la Grisel, toujours là avec à droite et à gauche ses murailles bleutées, en bas le lac et au milieu la masse verdoyante de l'île ; enfin, posé dessus comme une petite pierre grise, le cloître avec la maison. L'Orla, qu'on apercevait à travers les trouées des branchages, ajoutait au tableau ses touches de bleu.

Victor connaissait maintenant par cœur le périmètre délimité par l'enceinte, il s'était assis sur chaque banc de l'esplanade et du jardin, il avait escaladé toutes les saillies de la falaise, rempart naturel de l'île.

Le sixième jour il n'y tint plus et décida d'agir.

Tôt le matin il s'habilla, plus soigneusement que d'habitude, et se rendit à la salle à manger pour le petit déjeuner. Une fois celui-ci terminé, debout à côté de son oncle, il commença :

— Mon Oncle, je désirerais vous entretenir de quelque chose, si toutefois vous avez le temps de m'écouter.

— Parle, dit l'oncle.

— Je voudrais vous prier d'être assez aimable pour me révéler la raison pour laquelle j'ai dû venir sur cette île, si toutefois il y a à cela une raison particulière ; car je compte me remettre en route dès demain.

— Mais d'ici à ton entrée en service, il y a encore plus de six semaines ! répondit l'oncle.

— Non, pas autant, reprit Victor, trente-cinq jours à peine. Mais avant de prendre mon service, je voudrais visiter un peu l'endroit où je vais devoir habiter, c'est pourquoi j'aimerais bien partir demain.

— C'est que, moi, je ne te laisserai pas partir !

— Si je vous adresse la demande pressante, la requête de me faire conduire jusqu'à la Hul, demain ou après-demain, tout comme il vous plaira, vous me laisserez partir, dit Victor fermement.

— Je ne te laisserai partir que le jour où tu devras nécessairement t'en aller pour être à ton poste au moment voulu, répondit alors l'oncle.

— Ça, vous ne le pouvez pas, fit Victor.

— Je le peux fort bien, répliqua l'oncle, car toute la propriété est enclose d'un fort mur qui date du temps des moines, et ce mur a pour seule issue la grille de fer que je suis le seul à savoir ouvrir, enfin le lac qui entoure l'île de tous côtés a des rives si abruptes qu'il est à peu près impossible de parvenir jusqu'à l'eau.

Victor, qui depuis sa petite enfance n'avait jamais pu tolérer la plus petite injustice et qui avait visiblement pris à l'instant le verbe « pouvoir » dans son acception morale, alors que l'oncle ne l'entendait sans doute que dans son sens effectif, sentit à ces derniers mots son visage devenir cramoisi de dépit et de rage :

— Alors me voilà prisonnier ?

— Si le mot te paraît adapté aux dispositions que je prends, soit, tu es prisonnier, répondit l'oncle.

Victor avait les lèvres qui tremblaient maintenant. L'émotion l'empêchait de dire quoi que ce fût, mais il parvint tout de même à crier à son oncle :

— Non ! Vous ne pouvez pas en disposer selon votre bon plaisir ! Je vais de ce pas à la falaise me jeter dans le lac, et mon corps se fracassera plutôt sur les rochers.

— Si tu es assez faible pour cela, à ta guise, dit l'oncle.

Cette fois, effectivement, Victor s'avéra incapable de proférer la moindre syllabe ; il se tut quelque temps, et la pensée lui vint qu'il se vengerait un jour de la dureté de cet homme affreux. Mais d'un autre côté, il eut honte de ce chantage d'enfant, et reconnut bientôt que de se blesser soi-même n'était pas une façon efficace de résister à cet homme. Il résolut donc de le défier par l'indifférence ; aussi finit-il par dire :

— Et quand le jour dit sera venu, me ferez-vous conduire à la Hul ?

— Je te ferai alors conduire à la Hul ! répondit l'oncle.

— Bien, je resterai jusque-là, répliqua Victor ; mais cela, je vous le dis, mon Oncle, désormais tous les liens sont rompus entre nous ; nous ne pouvons plus désormais avoir des relations de parent à parent.

— Soit ! répliqua l'oncle.

Victor, encore dans la pièce, mit son béret, tira Spitz par sa ficelle et sortit.

L'adolescent se considérait pour lors dégagé de tous les égards qu'il avait cru jusqu'à présent devoir témoigner à son oncle ; il décida de se permettre désormais toute action que ne lui interdisaient pas son sens moral ou le rapport des forces en présence.

Il avait quitté l'oncle pour se rendre dans sa chambre, où il écrivit deux heures durant. Puis il sortit. La porte en haut de l'escalier portait un anneau sur ses deux faces en guise de marteau. Désormais quand Victor voulait entrer ou sortir, il n'allait plus comme il l'avait fait jusque-là demander à son oncle de lui ouvrir, mais il se mettait à la porte et faisait sonner le marteau. A ce signal, l'oncle venait à chaque fois ouvrir s'il était dans sa chambre. Lorsqu'il était lui-même dehors, la porte était de toutes façons ouverte. Au repas de midi, le premier jour, Victor ne parla pas, et l'oncle ne lui demanda d'ailleurs rien non plus. Lorsque le repas fut terminé, tous deux se levèrent, et Victor s'en alla aussitôt. Il en fut de même pour le repas du soir.

Victor se mit dès lors à fouiller tous les recoins de cet espace clos. Il explora les buissons derrière la maison, il allait d'arbre en arbre, observant chacun d'eux pour en scruter les détails et la forme générale. Une fois même il se risqua dans les buissons au milieu des lianes qui poussaient à l'intérieur du mur de clôture, qu'il longea ainsi sur toute sa longueur. Aussi dégradé et humide qu'il pût être en de nombreux endroits du fait des épaisseurs de végétation qui y croissaient, il n'en était pas moins partout solide et sans faille. Dans la maison où il habitait avec l'oncle, il fouilla tout, escalier par escalier, couloir après couloir ; mais il ne trouva pas grand-chose. Partout où il y avait une porte ou un portail, les verrous étaient soigneusement tirés, sinon de lourdes caisses qui avaient dû contenir du blé en bloquaient l'ouverture ; il en allait de même pour la plupart des fenêtres des couloirs, barrées de planches, comme Victor l'avait remarqué dès le premier jour, sur toute leur hauteur, à l'exception d'une petite ouverture par laquelle le jour entrait. A part les galeries qui menaient de la salle à manger à son appartement et l'escalier par lequel il pouvait descendre à la cuisine, deux trajets qu'il connaissait déjà depuis longtemps, il ne découvrit rien dans la maison de l'oncle, sinon l'escalier qui jadis avait conduit jusqu'à la sortie, et qui se terminait maintenant sur un portail bas, fermé et couvert de rouille.

Ce qui attirait le plus Victor, c'était l'ancienne abbaye. Il fit à plusieurs reprises le tour du vieux carré de pierres grises, et un jour qu'il se trouvait dans le jardin abandonné du monastère, dont on pouvait voir les tours, il parvint à escalader un mur assez bas : il avait dû enlever quelques briques, et avait gagné un chemin de ronde sur lequel ouvraient des pièces qui n'étaient pas fermées à clé. Il se promena dans une galerie où les abbés avaient autrefois circulé ; on y voyait encore accrochés leurs portraits noircis, à leurs pieds étaient inscrits leurs noms et dates, en rouge sang. Il parvint jusqu'à l'église et resta assez longtemps devant les autels dépouillés de leurs ors et de leurs argents ; puis en franchissant des seuils usés jadis par des pas innombrables, on arrivait à des cellules ouvertes, où les bruits résonnaient dans l'air moite. Pour finir, il était monté dans les tours où il avait vu pendre les cloches immobiles, couvertes de poussière. Quand il eut de nouveau escaladé le mur et qu'il fut de retour dans le verger, il détacha Spitz de l'arbre où il l'avait laissé tranquillement assis, et reprit son chemin avec lui.

Plusieurs jours après avoir eu avec l'oncle cette scène étrange, il descendit à la salle du bord du lac pour se laver un peu, comme il l'avait déjà fait souvent, de cette eau qui fouettait. Assis sur les dernières marches et prêt à se rafraîchir, il regardait l'eau, lorsqu'il remarqua à une certaine profondeur — car la journée était tout particulièrement belle, peut-être aussi parce qu'il observait tout à présent avec une acuité bien plus grande — que l'une des poutres de la herse était plus courte que les autres, formant ainsi une brèche par où l'on pouvait peut-être gagner le lac en plongeant ; il résolut d'essayer tout aussitôt.

A cette fin, il retourna à sa chambre prendre son costume de bain. Une fois de retour, après s'être rafraîchi et déshabillé, il alla à l'endroit où l'eau était la plus profonde, se coucha dans le prolongement de la poutre, plongea prudemment, avança sous l'eau en nageant, releva la tête et se retrouva de l'autre côté de la herse. Quant à Spitz, qu'il avait débarrassé de sa corde, il put le faire passer à travers les barreaux, il y avait toute la place. Il se mit alors à nager joyeusement en décrivant de très grands cercles devant la herse dans l'eau profonde du lac, avec le chien à ses côtés. Quand il eut rassasié son besoin d'activité, il se rapprocha du passage, reprit par-dessous et rentra dans la salle ménagée sur l'eau. Après ce bain il se rhabilla et s'en alla. Mais il recommença chaque jour. A l'heure où la chaleur était au plus fort, il allait dans la salle aux canots, changeait de tenue et nageait autant qu'il lui plaisait par-delà la herse. Certes l'idée alors lui vint qu'il pouvait, nanti d'une provision de pain, faire passer ses vêtements par la herse et traîner le paquet derrière lui, accroché à une ficelle, jusqu'à la plus proche extrémité du mur de clôture. Là il pourrait faire sécher ses vêtements dans un recoin puis les remettre une fois secs. Ce serait possible, à condition que la provision de pain lui permette d'attendre un canot de pêcheur auquel il ferait signe ! Oui, il se prit même à songer, dans ses moments de grande excitation, qu'au prix de quelques efforts physiques, et en faisant appel à toutes les ressources de son esprit, il pourrait traverser à la nage le lac jusqu'à l'Orla, puis qu'à force de grimper et de marcher, il retrouverait bien son chemin jusqu'à la Hul. Il ne s'arrêtait pas au côté extraordinaire d'une si audacieuse entreprise ; les moines l'avaient bien faite, cette escalade de l'Orla, puis la descente sur la Hul, et en plein hiver encore ! Il oubliait que si les moines étaient des hommes qui connaissaient la montagne, lui n'était qu'un enfant qui n'avait nulle expérience en la matière. Mais quelques séduisantes que fussent ces chimères, il ne pouvait en aucun cas y donner suite : n'avait-il pas promis à son oncle de rester jusqu'au jour voulu ? Cette promesse, il voulait la tenir : et sa baignade se terminait toujours de la même façon, il repassait la herse dans l'autre sens.

Il connaissait maintenant tous les coins et les recoins de cet espace clos. Il prêtait attention aux allées et venues de la lumière sur la montagne et savait de mieux en mieux distinguer les différentes nuances de couleurs selon les heures du jour ou selon que les nuages se déplaçaient plus ou moins vite sur le fond pâle du ciel. Ou alors, assis sous le soleil de midi, ou encore après que l'astre avait décliné derrière le bord de la montagne, il tendait l'oreille, quêtant à travers l'air immobile le son de la petite cloche de la Hul, car dans l'île on n'entendait en effet ni la moindre horloge ni le moindre tintement de cloches : peine perdue, car l'épais rideau d'arbres qui traversait l'île dans sa longueur s'interposait entre son oreille et le son qu'il avait tant aimé entendre l'autre soir au large de la rive rocheuse de la Hul. Après de longues nuits étoilées (quand Victor était arrivé, la lune était dans sa phase descendante), il connaissait maintenant de très beaux clairs de lune : il aimait à ouvrir ses fenêtres et à regarder, puisqu'il se trouvait séparé des êtres humains, la merveilleuse lumière scintillante, miroitante et fondue qui baignait le lac et les parois du roc ; si certaines masses restaient sombres parce que la lune n'y parvenait pas, elles lui paraissaient soudain plaquées comme des éléments étrangers dans ce monde étrangement scintillant.

Il n'échangeait pas un mot avec Christophe, ni avec la vieille servante, quand il les rencontrait, car il estimait contraire à la dignité de parler aux domestiques dès lors qu'il se refusait à parler au maître.

Ainsi le temps s'écoulait peu à peu.

Un jour, comme vers les cinq heures il contournait le parterre de fleurs pour se rendre à sa baignade dans la grotte aménagée et qu'il tirait comme d'habitude le pauvre Spitz par sa corde, l'oncle, assis selon sa coutume sur un banc au soleil, lui adressa la parole :

— Il n'est pas nécessaire que tu mènes ton chien ainsi, tu peux bien le laisser aller librement à tes côtés si tu veux.

Victor étonné se tourna vers l'homme, sans rien

voir d'insincère dans ses yeux, mais sans rien y voir d'autre non plus.

Le jour suivant, pour voir, il laissa l'après-midi le griffon sans laisse. Il ne lui arriva rien ; dès lors il le laissa tout à fait libre. Ainsi passa encore quelque temps.

Une autre fois, Victor était justement en train de nager et avait fortuitement levé les yeux, quand il vit l'oncle debout derrière une porte qui s'ouvrait dans les combles de la grotte aquatique, et qui l'observait d'en haut. L'expression de son visage trahissait la satisfaction et le plaisir qu'il prenait visiblement à regarder l'adolescent fendre l'eau avec tant d'aisance, et même une certaine sympathie pour le chien qui nageait à ses côtés. L'extrême beauté de l'adolescent intercédait bien un peu pour lui, tout comme les jeux de l'eau autour de ses jeunes membres et de son corps innocent, que guettaient déjà le pouvoir des ans et les incertitudes du destin. La voix du sang parlait-elle chez ce vieil homme, l'attirait-elle vers ce seul être jeune qu'il eût au monde, plus proche de lui de n'importe quoi d'autre sur terre, qui pouvait le dire ? Etait-ce aujourd'hui la première fois, ou l'avait-il déjà regardé souvent ? Cela aussi plongeait Victor dans l'incertitude ; car jamais encore il n'avait levé la tête vers la herse ; mais le lendemain, à cinq heures de l'après-midi, comme il traversait la partie fleurie du jardin, il découvrit l'oncle qui travaillait à ses fleurs : c'était bien le premier comportement de sensibilité qu'il lui eût vu. Il passa sans lui adresser la parole, mais à sa grande surprise, il trouva, arrivé dans la salle aux bateaux, l'une des portes de la herse ouverte. Il était d'abord enclin à penser que ce n'était là que le fait du hasard, mais le lendemain et les autres jours, à cinq heures de l'après-midi, il trouva chaque fois la porte ouverte, alors que jusqu'ici elle avait toujours été fermée.

Victor en eut aussitôt l'attention éveillée ; de tels faits l'amenaient aisément à penser que l'oncle l'observait.

Un jour où il s'ennuyait à mourir, posté à la porte grillagée de l'entrée, chose que par fierté il n'avait plus faite depuis le début de sa captivité, il avait passé la figure entre deux barreaux pour regarder au dehors ; il entendit, tout à coup, un bruit métallique ; une chaîne qu'il avait déjà souvent remarquée — elle montait de la grille et se perdait dans la muraille — s'était mise à bouger : à cet instant il sentit, en s'appuyant légèrement aux barreaux, que la grille était ouverte et le laissait passer. Il sortit et s'en alla errer çà et là dans l'île. L'oncle l'avait volontairement fait sortir : il aurait pu profiter de l'occasion pour fuir, il la laissa pourtant passer et s'en retourna vers sa prison.

Lorsqu'il arriva à la grille, celle-ci était fermée,

mais elle s'ouvrit comme il s'approchait et se referma derrière lui.

Tous ces faits auraient suffi à attendrir Victor, si de toute façon l'homme n'avait pas touché son cœur au plus profond le jour où il lui avait dit de laisser son chien courir librement.

Du coup l'adolescent se mit à observer le vieillard de plus près. Souvent il pensait : « Qui sait s'il est aussi dur qu'il y paraît ? Qui sait s'il n'est pas bien plutôt un vieil homme malheureux ? »

Voilà comment vivaient ces deux bourgeons issus d'un même rameau, deux êtres que tout aurait dû rapprocher et unir et que tout éloignait : deux bourgeons du même rameau, mais si différents l'un de l'autre. Victor, lui, était l'aube éclatante et libre, avec son regard rayonnant de douceur, son ouverture au futur ; l'autre était le déclin, au regard abattu, le passé douloureusement imprimé sur chaque trait, en caractères tantôt de jouissance tantôt d'envie. Dans toute la maison ne vivaient que quatre personnes, l'oncle, le vieux Christophe, Rosalie (ainsi s'appelait la vieille, à la fois gouvernante et cuisinière) et pour finir Agnès, la fille un peu simple, et d'un certain âge quand même, qui servait d'aide à Rosalie. Victor se mouvait parmi ces vieilles gens et ces vieilles murailles comme un être venu d'ailleurs. Les chiens eux-mêmes étaient très vieux, les arbres fruitiers qui poussaient là étaient vieux ; les nains de pierre, les poutres de la herse dans la salle aux bateaux, tout était vieux. Victor n'avait qu'une compagnie dont la verte jeunesse était comparable à la sienne, la végétation qui bourgeonnait et germait tant qu'elle pouvait au milieu de cette décrépitude.

Déjà auparavant Victor avait été préoccupé par quelque chose qui lui avait donné à réfléchir. Il ne savait pas en effet où son oncle avait sa chambre à coucher, et il ne put la découvrir malgré toutes ses investigations. Aussi fut-il persuadé qu'il la lui cachait par méfiance. Un jour, descendant à la cuisine, l'adolescent entendit la gouvernante qui disait :

— C'est qu'il n'a confiance en personne ; comment le convaincre de prendre à son service quelqu'un de la Hul ? Il ne le fera jamais ! Pensez ! un homme qui se rase lui-même de peur qu'on lui coupe le cou, et qui enferme ses chiens la nuit pour qu'ils ne le dévorent pas !

Victor était d'autant mieux amené à réfléchir à ces manifestations d'extrême désarroi que se multipliaient les signes de dispositions plus douces à son égard. La porte de fer dans la galerie qui donnait sur sa chambre à coucher n'était plus fermée, la herse était régulièrement ouverte aux heures où il avait coutume d'aller nager ; et pour la grille principale qui prenait dans le mur, Victor avait reçu de l'oncle en guise de clé un petit sifflet au son duquel la grille s'ouvrait : car il ne s'agissait pas d'une de ces portes qu'on ouvre ou qu'on ferme comme les autres, elle était reliée à un dispositif installé dans une des chambres de l'oncle, il était impossible de savoir comment.

Les premiers entretiens sérieux entre oncle et neveu prirent prétexte d'un fait étrange, presque un accès de jalousie. En effet, un soir que Victor revenait d'une de ses excursions dans l'île comme il en faisait maintenant souvent en compagnie des quatre chiens, ceux de l'oncle y compris — il y avait déjà assez longtemps qu'ils s'étaient joints à lui, et sa compagnie comme celle de Spitz les rendait déjà beaucoup plus joyeux et alertes — un soir donc, l'oncle qui par hasard était encore au jardin lui dit en voyant cela :

— Ton griffon est bien mieux que mes trois molosses, auxquels il m'est impossible de me fier. Je me demande pourquoi ils tiennent tellement à toi.

Les mots qu'il avait à fleur de lèvres jaillirent aussitôt de la bouche de Victor :

— Aimez-les seulement, comme moi mon Spitz, et ils seront tout aussi bons.

L'homme le regarda avec des yeux étrangement interrogateurs et ne répondit rien à cela ; mais l'incident permit cependant, le soir à table, d'enchaîner sur d'autres conversations traitant de divers sujets. Et il en fut ainsi désormais : l'oncle et le neveu s'étaient remis à se parler quand ils étaient ensemble, c'est-à-dire aux trois repas quotidiens.

Un jour, Victor s'anima tout particulièrement ;

le vieillard l'avait incité, par hasard ou par intention, à parler de son avenir et de ses projets. Il allait maintenant prendre sa charge, dit Victor, il allait travailler autant que ses forces le lui permettraient, il s'efforcerait de réparer les erreurs qu'il lui arriverait de constater, il soumettrait à ses supérieurs tout ce qui aurait à être modifié, il ne tolérerait ni négligence, ni détournements ; pendant ses heures de liberté il entreprendrait l'étude des sciences et celle des langues européennes, pour se préparer à de futurs travaux d'écrivain, puis il étudierait aussi l'art militaire pour pouvoir un jour parvenir aux échelons les plus élevés du service de l'Etat, d'où il pourrait tout embrasser d'un coup d'œil, ou pour être lui-même, aux heures du danger, propre aux fonctions de chef de guerre. S'il se trouvait avoir quelque talent, il voudrait aussi ne pas tout à fait négliger les muses, et tenter de parvenir à quelque chose qui pût enthousiasmer et enflammer ses concitoyens.

Pendant ce discours l'oncle n'avait cessé de rouler des boulettes de pain entre ses doigts ; il l'écoutait en souriant, ses minces lèvres serrées.

— Pourvu que tu arrives à faire tout ça ! dit-il. Au moins sais-tu déjà bien nager, enfin assez bien ; hier je suis retourné te regarder un moment, ton mouvement du bras droit manque encore d'ampleur, on dirait que tu ramènes ta main trop vite, et tu bats trop des pieds. Est-ce que tu ne veux pas te mettre à la chasse ? Sais-tu tirer, charger ? Je vais te donner quelques fusils de mon armurerie, tu pourras les emporter où tu veux dans l'île.

— Bien sûr, que je sais me servir d'un fusil, répondit Victor, mais pour ce qui est des oiseaux qu'il y a partout ici, je ne veux pas les tirer, ils me font trop pitié, et comme sur toute l'île il n'y a que de vieux arbres fruitiers, avec cette forêt qui commence à pousser au milieu, il n'y a guère de chances qu'il y ait là de renards ou quelque autre gibier.

— Tu en trouveras, seulement il faut savoir chercher !

Sur ces mots l'oncle but son vin, goûta à quelques friandises et laissa ce sujet ; bientôt tous deux allèrent se coucher. L'oncle ne conduisait plus maintenant Victor jusqu'à son appartement ; depuis que la grille restait ouverte, Victor allumait lui-même sa lampe après le repas, souhaitait une bonne nuit à l'oncle et gagnait ses deux pièces avec Spitz, qui mangeait maintenant en compagnie des autres chiens.

Ainsi finit par s'écouler le temps que Victor avait encore à passer dans l'île, aux termes de son contrat forcé. Jamais la tentation ne l'avait effleuré d'y trouver à redire, il était trop fier pour cela. Mais lorsque s'acheva la dernière journée qu'il pouvait encore passer dans l'île sous peine de prendre son poste en retard, le cœur lui battait très fort. Le repas du soir était terminé. L'oncle s'était levé et fouillait dans toutes sortes de papiers, de ses mains tremblantes de vieillard, mettant tout en désordre ; il les rassembla ensuite en un tas, et les reposa sans les ranger. Victor vit bien d'après le comportement du vieil homme qu'il ne fallait plus attendre qu'il abordât le sujet. C'est pourquoi il prit sa lumière et s'en alla se coucher.

Le petit déjeuner du lendemain fut consommé avec la même lenteur que les autres jours. Victor avait préparé son sac de voyage ; il était assis sur sa chaise, dans l'attente de ce que l'oncle allait dire. Le vieil homme, vêtu de sa redingote grise qui flottait autour de lui, se leva, franchit plusieurs fois la porte dissimulée dans la tapisserie. Puis il dit à Victor :

— Tu vas sûrement vouloir partir aujourd'hui, ou demain ?

— Il faut que je parte aujourd'hui, mon Oncle, si je ne veux pas arriver trop tard, répondit Victor.

— En ville, à Attmaning, tu trouveras à louer une voiture.

— J'y ai déjà pensé ; de toute façon, je ne peux pas faire autrement car vous n'avez rien dit, et j'ai attendu jusqu'au dernier moment.

— Tu dois donc aujourd'hui... tu dois... commença en hésitant le vieillard, eh bien, si tu dois partir, que Christophe te fasse traverser comme j'avais dit. Est-ce que tu as déjà préparé tes affaires ?

— J'ai tout emballé hier.

— Hier déjà tu as tout emballé... Donc tu dois

être content... bien, bien bien... Je voulais encore te dire quelque chose... Qu'est-ce que je voulais donc te dire ?... Ecoute Victor !

— Oui, mon Oncle.

— Voilà, je pense... je veux dire, si tu essayais, si tu restais encore un peu auprès d'un vieil homme qui n'a personne.

— Comment le pourrais-je ?

— Ton congé, je l'ai obtenu : je l'ai là, attends, il est dans la table où je mets mes pipes, je crois.

Sur ces mots l'oncle ouvrit et ferma plusieurs tiroirs du meuble où se trouvaient ses pipes et ses tabatières jusqu'à ce qu'il trouvât un papier qu'il tendit à Victor :

— Tu vois, le voici.

Le jeune homme était à la fois étonné et gêné au plus haut point ; le papier était bel et bien un congé à durée indéterminée.

— Tu peux maintenant faire comme tu veux, poursuivit l'oncle. Je te ferai traverser immédiatement ; si je t'ai demandé de rester encore un peu, c'était aussi pour voir si nous pourrions vivre l'un avec l'autre. Pendant ce temps-là tu pourrais aller en bateau où tu veux, à la Hul ou ailleurs, et lorsque tu voudras enfin partir, tu partiras.

Victor ne savait plus très bien ce qu'il ressentait. Longtemps il avait attendu ce jour, or voici qu'il voyait ce curieux homme, qu'au fond il détestait, le supplier.

Le vieux visage tout ratatiné lui parut abandonné au-delà de toute expression. Oui, Victor aurait cru qu'un sentiment y frémissait quelque part. Le grand et bon cœur que le jeune homme avait toujours eu parla en lui. Il n'hésita qu'un instant, puis il dit avec cette franchise qui lui était propre :

— Je veux bien encore rester ici quelque temps, mon Oncle, si vous le désirez et puisque vous le trouvez bon.

— Rien d'autre ne me pousse, que le désir de t'avoir encore un peu là, fit le vieil homme.

Puis il prit le papier qui accordait le congé et le rangea, après avoir essayé trois tiroirs différents, dans un quatrième où se trouvaient logées des pierres.

Victor qui le matin même avait quitté sa chambre sans se douter que les choses allaient évoluer ainsi y retourna et défit lentement son havresac. Il était maintenant doublement incertain et doublement curieux : à quoi tout cela aboutirait-il, et que signifiait la démarche de l'oncle ? Ainsi il s'était donné la peine de lui obtenir son congé avant même qu'il n'ait occupé ses fonctions ! Un instant une pensée lui traversa l'esprit : et si c'était de l'inclination, si cet homme préférait tout de même un être humain à cet amas de choses mortes et à ce bric-à-brac dont il s'entourait ? Puis l'indifférence avec laquelle le vieillard avait pris le papier et cherché un tiroir pour l'y cacher lui revint. Victor d'ailleurs avait remarqué depuis longtemps déjà que l'oncle ne remettait jamais un objet dans le tiroir où il l'avait pris. En cherchant dans ses tiroirs, il n'avait pas prêté attention à lui, et il l'avait laissé sortir sans même lui adresser la parole.

Donc Victor était toujours à la maison. L'oncle avait bien une bibliothèque, mais on ne lisait plus ici depuis fort longtemps ; aussi tous les ouvrages étaient-ils pleins de poussière et de mites. Il donna la clé de cette pièce à Victor, qui s'en réjouit beaucoup. Jamais celui-ci n'avait vu une telle collection de livres, si ce n'était celle de la ville, où il n'avait pas, ce qui va de soi, le droit de fouiller. Il nota par quelle galerie il fallait passer et s'y rendit souvent. Il mit d'abord l'échelle contre les rayons, commença à nettoyer tous les livres, puis il lut, regardant textes et images dans l'ordre où ils lui tombaient sous la main ou selon l'attrait qu'ils exerçaient sur lui.

Ce qui lui faisait également grand plaisir, c'était de monter jusqu'au grenier de la salle aux bateaux et de plonger dans le lac par la porte d'où l'oncle l'avait observé. Les moines avaient construit ce grenier et cette porte pour hisser les marchandises qu'on aurait difficilement pu monter par l'escalier. Finalement il avait tout de même pris un beau fusil allemand dans l'armurerie, et il se plaisait à le nettoyer et même à tirer malgré sa maladresse. C'étaient là certainement les premiers coups de feu qui retentissaient dans l'île depuis bien longtemps. Christophe avait montré à l'adolescent une galerie très sombre par laquelle on pouvait passer directement de la maison de l'oncle au cloître. Il avait aussi ouvert pour lui un certain nombre de salles qui d'habitude étaient toujours fermées. Il lui montra la grande salle aux ornements et aux moulures dorées; les parements de fenêtres étaient teints en blanc, en gris ou en bleu, des stalles de bois couraient le long des murs, elles avaient dû servir de sièges aux moines ; il y avait encore là un énorme poêle décoré de panneaux de terre cuite représentant des scènes de la vie des saints. Il lui fit voir encore la salle capitulaire où les moines tenaient conseil : il n'y subsistait plus que des bancs de bois nu et quelques tableaux sans valeur. Il lui montra le trésor vide, la sacristie : les niches qui avaient contenu les ciboires étaient toutes ouvertes, mais on n'y voyait plus rien d'autre que des garnitures passées, jadis rouge sombre ; les armoires où l'on rangeait autrefois les vêtements sacerdotaux ne renfermaient plus, elles, que de la poussière. Ils revinrent par l'église, les cloîtres, le logement d'été enfin, plein encore de beaux tableaux et d'ornements de pierre ou de bois restés intacts, car on en ignorait vraisemblablement la valeur lorsque le mobilier de l'abbaye avait été déménagé.

Victor avait non seulement le droit de se promener dans tous les bâtiments et dans l'île tout entière, mais encore l'oncle lui offrit de le faire conduire en barque à tous les points du lac où il désirait aller. L'adolescent en usa assez peu, car lui qui n'avait jamais été en haute montagne ne savait pas trop comment en recueillir les trésors pour en tirer à la fois le meilleur profit et le plus grand plaisir. Il n'alla que deux fois jusqu'au pied de l'Orla, où il resta sur le rivage à contempler les hautes parois grises qui étincelaient par moments.

Malgré tout, peu à peu, Victor se prit à regretter sa décision ; et de fait il n'arrivait pas à déceler la cause et le but de tout cela.

— Bientôt je vais te laisser partir, dit un jour l'oncle après le déjeuner, tandis que roulait sur la Grisel un orage magnifique qui faisait aller la pluie comme une cascade de diamants sur le lac qui s'ourlait de petites vagues ; à cause de cet orage ils étaient restés assis un peu plus longtemps à table.

Victor ne répondit rien à ces paroles ; il attendait ce qui allait suivre.

— Tout cela est peine perdue, recommença l'oncle d'une voix lente, peine perdue, oui. Jeunesse et grand âge ne vont pas ensemble. Tu vois, tu es bon, tu es solide, tu es loyal, tu es plus que n'était ton père à ton âge. Je t'ai observé tout ce temps, et l'on peut sans doute compter sur toi. Tu as un corps que la nature a fait fort et beau, et tu aimes exercer ta force, soit que tu escalades les rochers, soit que tu te promènes au grand air, soit que tu nages, mais à quoi tout cela sert-il ? Voilà un bien qui est loin de moi, oui, très loin au-delà de tous les mondes. En secret, ma voix intérieure n'a cessé de me le dire : tu n'arriveras pas à faire que son œil te regarde, tu n'atteindras pas la bonté de son cœur, parce que tu ne l'as point semée, ni plantée. Je le reconnais : les années qu'il aurait fallu pour cela sont maintenant révolues, elles sont à présent sur l'autre versant des montagnes et il n'est aucun pouvoir capable de les faire remonter de ce côté-ci où s'étendent déjà des ombres froides. Retourne donc auprès de cette vieille femme dont tu ne peux plus guère espérer recevoir de lettre avant ton départ. Va auprès d'elle, et vis en paix et dans la joie.

Victor était bouleversé. Le vieillard était assis de telle sorte que les éclairs illuminaient son visage ; parfois, dans la pièce obscure, on eût cru que du feu courait dans ses cheveux gris, que la lumière éclatait sur ses traits ravagés. Si naguère le silence inconsistant et l'indifférence morte de cet homme avaient paru à Victor navrants et vains, il n'en était que plus remué à présent par son agitation. Le vieillard avait redressé son long corps dans son fauteuil, et semblait lui-même en proie à une émotion profonde. Le jeune homme ne répondit rien pendant un certain temps aux propos de l'oncle, qu'il devinait plus qu'il ne les comprenait. Et puis il dit :

— Vous avez parlé de lettres, mon Oncle, j'avoue

sincèrement que je suis préoccupé de n'avoir toujours pas reçu de réponse à toutes ces lettres que j'ai envoyées à la maison, bien que Christophe soit déjà allé plus de vingt fois depuis que je suis ici à la Hul ou à Attmaning.

— Je le savais bien, répondit l'oncle, mais tu ne peux obtenir de réponse.

— Pourquoi non ?

— Parce que j'en ai disposé ainsi ; je me suis entendu avec eux pour qu'ils ne t'écrivent pas aussi longtemps que tu es ici. D'ailleurs, pour le cas où tu te ferais du souci, sache qu'ils se portent tous parfaitement bien.

— Ce n'est pas bien de votre part, mon Oncle, fit Victor, visiblement affecté, les paroles qu'aurait pu m'écrire ma mère nourricière, j'aurais été très heureux de les recevoir.

— Tu vois comme tu l'aimes, cette vieille femme ! dit l'oncle, je l'ai toujours pensé !

— Si vous-même aimiez quelqu'un, peut-être se trouverait-il aussi quelqu'un pour vous aimer en retour, répondit Victor.

— Toi, je t'aurais aimé, cria le vieillard, au point que Victor en trembla presque. Il y eut quelques instants de silence.

» Et le vieux Christophe m'aime, continua-t-il, et peut-être aussi ma vieille servante.

» Pourquoi te tais-tu donc ? lança-t-il après

quelque temps à l'adolescent, que peux-tu d'ailleurs savoir de cet amour en retour ? Allons, parle !

Victor se taisait, incapable de prononcer un seul mot.

— Tu vois, reprit le vieillard, je savais bien. Allons ne te tourmente pas, c'est bien, c'est bien comme ça. Tu veux partir, je vais te donner un bateau : tu pourras partir. Tu attendras bien que la pluie soit passée ?

— Certes, et même davantage, si vous avez encore des choses sérieuses à me dire, répondit Victor, mais vous serez bien obligé de reconnaître que ce n'est pas par l'arbitraire et par l'amertume qu'on peut entraver quelqu'un. Il est étrange, et le mot est faible, que d'abord vous m'ayez retenu prisonnier dans cette île où vous m'aviez appelé et où je suis venu en toute confiance parce que vous l'exigiez et que mon tuteur et ma mère m'en avaient persuadé. Par ailleurs il est aussi étrange que vous me coupiez des lettres de ma mère, oui, plus étrange encore, qui sait ?

— Tu parles comme tu l'entends, répliqua l'oncle en dévisageant longuement le jeune homme. Bien des choses dont tu ne comprends ni le but ni la fin peuvent te paraître rudes. Il n'y a rien d'étrange dans ma conduite, elle est au contraire claire et nette. Je voulais te voir parce qu'un jour tu vas hériter de mon argent et je voulais t'observer. Personne ne m'a donné d'enfant parce que tous les parents gardent les leurs pour eux ; quand une personne que je connaissais bien est morte, je suis allé habiter ailleurs et finalement je suis arrivé sur cette île dont j'ai acquis le sol et les terrains, avec la bâtisse qui servait jadis de tribunal aux moines ; je voulais laisser pousser l'herbe et les arbres, sans les tailler, pour m'y promener. Je voulais te voir. Je voulais voir tes yeux, tes cheveux, tes membres, je voulais voir comment tu es, te voir avec les yeux d'un père. C'est pourquoi il me fallait t'avoir seul et te retenir. S'ils avaient continué à t'écrire, eux, ils t'auraient maintenu dans la même affection douceâtre que par le passé. Il me fallait te mener au soleil et au grand air, je craignais que tu ne sois une nature molle comme ton père, inconsistant comme lui, au point de trahir ce que tu crois aimer. Certes tu es à présent plus vigoureux que lui, tu sais te servir de tes armes comme un jeune oiseau de proie ; c'est très bien, je t'en fais compliment : cependant tu ne devrais pas exercer ton cœur auprès de femmes tremblantes mais sur des rocs, et moi je suis un roc, pas autre chose. Il me fallait te retenir ici. Qui ne sait pas de temps à autre lancer le bloc de granit de l'action violente, celui-là ne sait pas non plus aider et porter secours du fond de l'âme. Il t'arrive de montrer les dents et pourtant tu as bon cœur. Cela est bien. En fin de compte, tu serais tout de même devenu un vrai fils.

« Ton respect, ton amour pour moi t'auraient

gagné à moi ; si tu t'étais comporté ainsi les autres se seraient pliés, dociles, devant toi, eux qui n'ont pas su davantage me rencontrer dans ma vérité intime. Mais je me suis rendu compte qu'il t'aurait fallu cent ans avant d'en arriver là ; aussi va où bon te semble, tout est fini... Combien de fois leur ai-je demandé de t'envoyer ici, jusqu'au jour où ils ont fini par le faire. Ton père aurait dû te donner à moi, mais il a jugé que j'étais un hôte par trop sauvage et que je te déchirerais ; j'aurais fait de toi un aigle qui tient le monde dans ses serres et le jette, s'il le faut, dans l'abîme. Seulement il a d'abord aimé cette femme, puis il l'a abandonnée, sans cependant être assez fort pour la rejeter à jamais. Il ne cessait de penser à elle : à sa mort, il te mit sous son aile. Tu y serais devenu presque aussi tendre qu'un poulet, seulement capable de séduire des poussins et de te lamenter quand un cheval en aurait écrasé un sous son sabot. Déjà pendant ces quelques semaines que tu as passées près de moi, tu es devenu plus que cela, car cette fois il te fallait affronter la violence, résister à mes pressions, mais tu serais devenu toujours plus fort. Je t'ai imposé de faire à pied le chemin jusqu'ici pour te familiariser quelque peu avec le grand air, la fatigue, la domination sur toi-même. Ce que j'ai pu faire après la mort d'Hippolyte, ton père, je l'ai fait : je vais te dire quoi dans un instant. Je t'ai fait aussi venir pour pouvoir, entre autres, te donner un conseil que tu n'aurais reçu ni de ton plumitif de tuteur, ni de cette femme, et que tu suivras ou que tu ne suivras pas, tout à ta guise. Mais puisque tu veux t'en aller aujourd'hui, demain au plus tard, eh bien je m'en vais te livrer ce conseil. Ecoute-moi, tu as donc en tête d'aller occuper cette charge qu'ils t'ont procurée pour gagner ton pain et être à l'abri.

— Oui, mon Oncle.

— Tu vois bien ! et moi je t'ai déjà fait mettre en congé ! Combien tu dois être indispensable, combien ton poste doit être important qu'il puisse attendre ainsi, sans être occupé ! J'ai là un congé pour une durée indéterminée. Je peux faire annuler ta nomination pour peu que je le veuille. Ce poste n'a assurément pas besoin de tes qualités particulières, quelqu'un viendra l'occuper dès que tu y auras renoncé, quelqu'un qui en a sans doute besoin. D'ailleurs tu ne pourrais rien réaliser non plus qui soit à la hauteur de ta charge. Toi, un homme ! à peine un adolescent, oui : c'est à peine si on t'a donné un seul grain de sable de toute cette terre qu'il te faut connaître, et ce grain de sable, tu ne le connais pas même. Si tu venais maintenant à entrer en fonctions, tu pourrais tout au plus faire quelque chose qui ne serait d'aucune utilité pour personne, et cela finirait par te manger le corps, par ronger ta vie. Je sais autre chose qui te convient : la plus importante et la plus grande tâche qui t'attende maintenant, c'est de te marier.

Victor dirigea sur lui son regard clair :

— Quoi !

— Te marier ! naturellement pas sur-le-champ, mais il te faut te marier jeune, je m'en vais te le démontrer. Chacun existe pour soi. Tout le monde ne l'avoue pas, mais tout le monde le prouve par ses actes. Et ceux qui ne l'avouent pas, leurs actions n'en sont que plus ouvertement égoïstes. C'est ce que savent ceux qui briguent une charge publique : c'est pour eux un champ qu'il faut faire fructifier. Chacun existe pour soi ; mais tout le monde n'est pas capable d'exister, et beaucoup de gens sacrifient leur vie entière à des choses qui ne valent pas quatre sous. L'homme qui a été désigné pour te protéger croyait bien faire en canalisant de bonne heure ton jeune sang à seule fin que tu aies toujours à manger et à boire selon tes besoins ; cette femme, elle, dans sa petite bonté, a grapillé pour toi une petite somme, je sais même exactement combien, de quoi te payer des chaussettes pour quelque temps. Elle a sûrement cru bien faire, et même pour le mieux, car sa bonne volonté est excellente. Mais que signifie tout cela ?... Chacun existe pour soi, mais n'existe qu'autant que les forces qui lui ont été données en partage se sont transformées en actes et en faits : c'est cela qui s'appelle vivre et jouir. Il n'existe que quand il a bu à fond la vie. Aussitôt qu'il est assez fort pour déployer ses forces en toutes choses, les grandes comme les petites, il peut alors donner le meilleur de lui-même aux autres puisque aussi il n'en peut être autrement : nous devons agir sur ceux qui nous entourent ; car la compassion, la pitié, l'obligeance sont elles aussi des forces qui demandent à agir. Je te le dis : même le sacrifice de soi-même pour autrui, la mort y compris, n'est précisément rien d'autre, passe-moi l'expression, que la fleur la plus vigoureuse et la plus épanouie de la vie. Celui qui dans sa pauvreté n'exploite qu'un seul ressort en lui pour n'apaiser qu'un seul besoin, serait-ce celui de la faim, celui-là n'est qu'une pitoyable caricature de lui-même, il ne fait que nuire à ceux qui l'entourent. O Victor ! que sais-tu de la vie ? Connais-tu cette chose qu'on appelle la vieillesse ?

— Comment le pourrais-je, mon Oncle, je suis encore si jeune ?

— Oui, tu ne la connais pas, et tu ne peux pas la connaître. La vie est incommensurablement longue, aussi longtemps qu'on est jeune encore. On pense toujours en avoir beaucoup devant soi, et derrière n'avoir accompli qu'un petit bout de chemin. Pour cette raison, on diffère, on remet ceci ou cela à plus tard. Mais quand on veut le reprendre, il est trop tard, et l'on s'aperçoit qu'on est devenu vieux. C'est pourquoi la vie est un champ infiniment grand quand on le regarde devant, mais quand on se retourne à la fin pour le contempler, il a à peine deux empans. Et dans les champs mûrissent tant d'autres fruits que ceux que l'on a cru planter ! La vie est une chose chatoyante, si belle qu'on voudrait s'y plonger ; on croit qu'elle durera éternellement... mais la vieillesse, elle, est un papillon du soir qui fait un bruit bien inquiétant à nos oreilles. C'est pourquoi on aimerait étendre les mains pour résister, pour ne pas devoir s'en aller, car on a tant manqué de choses ! Quand un très vieil homme se retrouve debout sur une montagne d'actions diverses, à quoi cela lui sert-il ? J'ai fait beaucoup de choses diverses, qu'est-ce que j'en ai de plus ? Tout s'effondre dès l'instant que vous n'avez pas créé une existence qui continue par-delà la tombe ; celui qu'en son âge assistent fils, petits-enfants et arrière-petits-enfants, celui-là souvent vivra mille ans. Et quand il s'en est allé, elle continue semblable à elle-même après la mort : elle se perpétue si bien que personne ne remarque qu'avec lui une petite parcelle de cette vie est passée de l'autre côté pour ne plus revenir. Mais avec ma mort, ce sera la ruine de tout ce que j'ai été en tant que personne... Voilà pourquoi tu dois te marier, Victor, et te marier très jeune. Voilà aussi pourquoi il te faut de l'air et de l'espace pour remuer tes membres. Or de cela j'ai pris soin, car je savais que tous ceux à qui on t'avait confié n'en étaient pas capables. Après la mort de ton père on m'a retiré tout pouvoir, et pourtant j'ai mieux pris soin de toi que les autres.

» Je me suis attaché à sauver ce qui était à toi

et qui sans cela aurait été perdu. Ne sois pas étonné, écoute-moi plutôt. A quoi pourrait te servir la petite somme grattée par ta mère ou l'éternelle assistance de ton tuteur ? A rien d'autre qu'à te racornir et à te ratatiner. J'ai été avare, mais plus raisonnable dans cette avarice que ne le sont ces dispendieux qui jettent leur argent par les fenêtres et ne peuvent ni se tirer d'affaire eux-mêmes, ni aider autrui. Du vivant de ton père, je lui ai prêté de petites sommes, là où d'ordinaire on s'en fait cadeau entre frères ; il m'en fit des reconnaissances que je fis transférer sur son avoir. A sa mort, quand les créanciers qui l'avaient égaré arrivèrent pour piller le nid, j'étais déjà là avant eux et, faisant valoir mes droits, je le leur arrachai des mains à eux ainsi qu'à son tuteur qui voulait sauver quelques rogatons pour toi. Comme ils avaient la vue courte !

» Aux créanciers je remboursai peu à peu leur dû, intérêts compris, à l'exclusion du supplément qu'ils avaient voulu lui escroquer. Maintenant la propriété est libérée de toute hypothèque et le rapport de quinze ans d'épargne est déposé pour toi à la banque. Demain, avant que tu t'en ailles, je te donnerai les papiers nécessaires ; car comme j'ai maintenant tout dit, il vaut mieux que tu ne tardes pas. J'ai envoyé Christophe à la Hul dire au pêcheur qui t'a amené de revenir demain te prendre au débarcadère ; Christophe n'a pas le temps de te conduire. Si tu ne veux pas partir demain mais plus tard, nous payerons sa traversée au pêcheur et nous le laisserons repartir à vide. Je pense que tu dois devenir propriétaire d'une terre, comme les anciens Romains, qui savaient s'y prendre pour utiliser toutes les ressources humaines à bon escient, et de manière harmonieuse.

» Du reste tu peux faire comme tu l'entends : jouis à ta guise de ce que tu as. Si tu es sage tout est bien : si tu es un fou, tu pourras à la fin de ton âge regretter ta vie comme j'ai moi regretté la mienne. J'ai fait beaucoup de choses qui étaient bonnes, j'ai joui de beaucoup de choses que la vie donne, et donne à bon droit pour qu'on en jouisse — cela était bien. Toutefois, j'en ai laissé beaucoup de côté, ce qui m'a donné à réfléchir, mais trop tard. Car la vie s'envole avant qu'on puisse la rattraper. Tu es vraisemblablement aussi mon héritier, c'est pourquoi j'aimerais que tu fasses mieux que moi. Aussi je te donne ce conseil, je dis bien " conseil ", je ne dis pas " condition ", car personne ne doit être contraint. Pars maintenant en voyage pour deux ou trois ans, reviens, marie-toi et garde au moins pour commencer le régisseur que j'ai installé dans ton domaine, il te mettra au courant. Voilà ce que je pense, mais toi, tu fais comme tu l'entends.

Sur ces mots, le vieillard s'arrêta. Il plia sa serviette comme il avait coutume de le faire, la roula et la mit dans l'anneau d'argent qu'il avait à cet effet. Puis il disposa selon son ordre les diverses bouteilles, remit les fromages et les gâteaux secs sur leurs assiettes et les recouvrit de la cloche de verre appropriée. Mais il ne desservit pas et ne remporta aucun des objets comme il avait pourtant coutume de le faire : il les laissa où ils étaient et resta assis. L'orage, pendant ce temps, était passé ; il était à présent de l'autre côté des cimes, à l'est, et les éclairs étaient moins vifs, le tonnerre roulait moins fort ; le soleil reprenait le dessus rendant peu à peu à la pièce une vie chaleureuse. Victor était assis en face de l'oncle, bouleversé, incapable de dire un mot.

Après un temps assez considérable, le vieillard toujours assis devant ses objets se remit à parler :

— Si tu as déjà de l'inclination pour une jeune fille, cela ne fait rien pour le mariage, ce n'est pas un obstacle, même si souvent ce n'est pas bon non plus : prends-la ; mais si tu n'éprouves pas déjà un tel penchant, cela est également indifférent ; ces choses-là ne durent point, elles viennent et passent, comme cela se trouve sans qu'on fasse rien pour ou contre. Moi aussi j'ai éprouvé une telle inclination, tu n'es pas sans le savoir, et puisque j'en parle, je vais te faire voir l'image qui montre la fille, du moins comme elle était en ce temps-là — je l'ai fait peindre moi-même. Attends, peut-être vais-je retrouver ce tableau.

Sur ces mots, le vieillard s'était levé ; il fouilla

longtemps dans tous ses tiroirs, passant d'une pièce à l'autre, avant de parvenir à retrouver le portrait. Enfin, le prenant par sa chaînette s'or, il le sortit tout couvert de poussière d'un tiroir, en essuya le verre avec sa manche et le tendit à Victor en disant :

— Tiens, regarde !

Mais celui-ci devint pourpre et s'écria :

— Mais c'est Hanna, ma sœur de lait !

— Non, dit l'oncle, c'est Ludmilla, sa mère. Qu'est-ce qui peut bien te faire penser à Hanna ? Ce portrait fut peint bien longtemps avant sa naissance. Ta mère nourricière ne t'a donc jamais parlé de moi ?

— Si, elle m'a parlé de vous, elle m'a dit que vous étiez mon oncle et que vous viviez dans une absolue retraite sur une île d'un lointain lac de montagne.

— Elle me juge le pire des mécréants.

— Non, mon Oncle, ce n'est pas vrai. Elle n'a jamais dit du mal de personne et quand elle parlait de vous, nous nous imaginions toujours que vous aviez parcouru le monde entier, que vous étiez vieux, et que vous viviez maintenant très seul, séparé de ce monde que vous vous plaisiez pourtant jadis à arpenter d'un bout à l'autre.

— Et elle n'a rien dit d'autre à mon sujet ?

— Non, mon Oncle, rien du tout.

— Hum ! C'est bien de sa part. D'ailleurs j'aurais dû y penser. Si seulement elle avait été plus forte, si elle avait seulement pu appliquer son intelligence si pénétrante à autre chose qu'à son petit monde, tout aurait été différent. Et que je veuille te dépouiller de ton petit domaine, de cela elle n'a rien dit non plus ?

— Elle n'a jamais prononcé le mot dépouiller, elle m'a simplement dit que vous aviez des droits dessus.

— En effet ! Dès ma jeunesse j'ai été très actif, j'ai commencé à faire du commerce, j'ai étendu mes affaires et gagné bien plus d'argent que mes besoins ne l'exigeaient, de sorte que je n'ai que faire de cette petite propriété.

— Ma mère nourricière a tout de suite insisté pour m'envoyer auprès de vous lorsque vous en avez manifesté le désir, mais le tuteur voulait m'en empêcher.

— Voyez-vous cela ! Ton tuteur est plein de bonne volonté mais la table sur laquelle il écrit lui masque la terre, la mer et le reste ! Il a sûrement pensé qu'auprès de moi tu allais oublier un certain nombre de choses que tu avais apprises, et qui te seront parfaitement inutiles ta vie durant. Ta mère nourricière un jour, j'ai voulu la prendre pour femme, comme tu vois ; cela, elle ne te l'aura donc pas dit non plus.

— Non, ni elle, ni mon tuteur.

— Nous étions très jeunes, elle était coquette

et je lui dis un jour que je voulais faire faire son portrait. Elle accepta, et l'artiste que je ramenai de la ville peignit ses traits sur cette plaque d'ivoire oblongue. Je conservai le portrait ; plus tard, je fis faire ce cadre d'or et cette chaînette. J'avais beaucoup d'inclination pour elle et je lui prodiguais mille attentions. Quand je revenais des voyages que je faisais pour mes affaires, car je souhaitais connaître mes associés, m'étendre et nouer de nouvelles relations, j'étais infiniment aimable avec elle, et je lui rapportais les plus beaux cadeaux. Mais elle ne me rendait pas mes attentions ; elle était aimable, mais sans véritable inclination pour moi. Pourquoi ? elle ne me le disait pas ; elle ne me disait pas non plus pourquoi elle n'acceptait pas mes cadeaux. Lorsque je lui déclarai enfin que j'étais disposé à l'épouser quand elle voudrait, elle répondit que cela l'honorait beaucoup mais qu'elle n'éprouvait pas l'inclination qui lui semblait indispensable pour une alliance appelée à durer la vie entière.

» Lorsque quelque temps après je montai à la petite source de la Combe-aux-Cerfs, je la vis assise sur une large pierre, juste à côté de la fontaine. Le châle qu'elle aimait porter sur les épaules les jours de fraîcheur était accroché à la branche basse d'un hêtre proche, qui semblait s'offrir tout exprès pour cet office. Son chapeau se trouvait à côté. Sur la pierre, près d'elle, était assis mon frère Hippolyte ; tous deux se tenaient enlacés. C'était depuis longtemps déjà le lieu de leurs rencontres, je ne devais l'apprendre que bien plus tard. Tout d'abord je voulus le tuer, mais j'arrachai simplement le châle qui me dissimulait comme un rideau et m'écriai :

» Il vaudrait peut-être mieux faire cela au grand jour — et vous marier.

» De ce jour-là, je m'employai à faire fructifier ses propriétés et à accroître l'importance de sa charge afin de faciliter leur mariage. Mais, pour des motifs de carrière, ton père fut obligé de partir quelque temps ; là où il s'était rendu, il fut contraint de dénoncer un ami qui avait eu pour lui l'affection d'un père mais qui sous la contrainte du moment avait détourné des fonds à des fins personnelles ; déjà la ville murmurait et l'homme était sur le point de se suicider, lorsque ton père accourut en pleine nuit pour mettre à sa disposition les fonds nécessaires, afin surtout de couper court aux rumeurs ; c'est ainsi qu'il en vint à lui demander la main de sa fille, celle qui allait être ta mère. Quand le mariage fut conclu, je me présentai en raillant devant Ludmilla, afin de bien lui faire comprendre que désormais son cœur et son intelligence ne lui servaient plus à rien. Elle se retira ensuite, avec celui qui devait l'épouser plus tard, dans le petit domaine où elle vit encore aujourd'hui. Mais ce sont là de vieilles histoires, Victor, qui sont arrivées il y a longtemps et qui sont oubliées !

Il avait repris le portrait qu'il avait laissé sur la table pendant qu'il parlait assis dans son fauteuil ; il se leva, l'entoura de sa chaînette et le rangea dans un petit tiroir à côté de sa collection de pipes.

L'orage entre-temps s'était complètement apaisé, mais comme il arrive en pareil cas, des brouillards et d'épais nuages s'étaient amoncelés entre les montagnes. Ces brumes par moments se laissaient transpercer par un soleil déjà redevenu chaud, et par moments le voilaient.

Après le repas, l'oncle une fois levé ne se rasseyait plus. C'est ce qui se passa encore cette fois-ci. Il prit ses bouteilles sur la table, et les mit dans le placard qu'il ferma à clé. Il fit de même pour le fromage et pour les sucreries, et par précaution versa encore de l'eau fraîche dans l'écuelle des chiens.

Quand il eut fini, il s'approcha de la fenêtre et regarda le jardin.

— Vois-tu, dit-il à Victor, c'est exactement comme je te l'ai dit récemment. Le sable est presque sec et dans une heure on pourra très bien y marcher. C'est une des particularités du sol cristallin d'ici, où le rocher très vite affleure, de boire l'averse comme un tonneau. C'est pourquoi je dois toujours faire apporter tellement d'humus pour les fleurs, et c'est pourquoi aussi les arbres fruitiers plantés par les moines dépérissent, alors que les ormes, les chênes, les hêtres et les autres essences de nos montagnes prospèrent si bien : ils cherchent le rocher, y ouvrent des brèches et s'y enfoncent.

Victor avait gagné lui aussi la fenêtre et regardait le jardin en contrebas.

Lorsque plus tard la gouvernante entra pour débarrasser la table et que Christophe, déjà revenu de la Hul, eut sorti les chiens, l'oncle ouvrit la porte dans la tapisserie et se rendit à son armurerie.

L'adolescent qui, après l'orage, serait bien allé se promener dans l'immense décor de l'île, regagna ses appartements et se tint immobile à regarder par la fenêtre.

Après un certain temps, il put voir son oncle en bas dans le jardin qui rattachait les fleurs à leurs tuteurs.

Las de faire les cent pas dans sa pièce, Victor finalement sortit à son tour. Il traversa l'aire sablée que l'oncle venait de quitter et se dirigea vers la rive du lac, jusqu'à un promontoire rocheux d'où on avait une vue étendue. Il resta là debout à contempler la contrée. Le soir était descendu entre-temps. Quelques montagnes étaient auréolées de nuages sombres, d'autres émergeaient comme des charbons ardents des décombres du ciel ; au-dessus de la tête de l'adolescent, des îlots de clarté pâle semblaient flotter dans les airs. Il resta absorbé par le tableau qui s'étendait devant lui jusqu'à ce que peu à peu tout fût consumé, éteint, et qu'il ne restât plus que l'épaisse obscurité.

Il longea les silhouettes fantômatiques des arbres et, pensif, s'en retourna lentement à la maison.

Il s'était tout de même résolu à quitter l'île dès le lendemain.

Lorsque l'heure du souper fut arrivée, il se rendit à la salle. L'oncle était déjà assis à table, on servit aussitôt. Le vieillard fit savoir à Victor que Christophe avait demandé au pêcheur de venir prendre le jeune homme le lendemain à la première heure, à l'endroit où il l'avait débarqué le jour de son arrivée.

— Tu peux donc, conclut l'oncle, partir demain après le petit déjeuner si tu en as ainsi décidé ; tu es entièrement libre, tu peux faire ce que tu veux.

— J'ai en effet l'intention de partir demain, répondit Victor, mais je remets cependant la décision entre vos mains, et ferai ce que vous tiendrez pour bon.

— S'il en est ainsi, fit l'oncle, je tiens pour souhaitable, comme je te l'ai déjà dit à midi, que tu partes demain. Ce que l'avenir doit apporter, il l'apportera, et tu suivras mon conseil comme tu entends le suivre. Rien ne te lie.

— J'irai donc trouver le pêcheur au point d'embarquement demain, répondit Victor.

Ce furent les seules paroles d'intimité réelle qu'échangèrent ce soir-là ces deux êtres de la même souche. Ils parlèrent encore de choses et d'autres. L'oncle raconta ainsi que le vieux Christophe était parti pour la Hul dès avant l'orage, qui avait fait là-bas des ravages considérables, surtout à l'embouchure de l'Afel : d'énormes masses de rochers étaient encore tombées dans le couloir aux avalanches, et l'eau avait creusé les rives de manière effrayante.

— Et pourtant chez nous, au-dessus de la Grisel, continua-t-il, il est resté bien sage et bien gentil : il m'a humecté mes fleurs ; à peine si quelques-unes ont été cassées. Christophe qui est revenu après était tout étonné qu'il y ait eu ici si peu de dégâts.

Lorsque le repas fut achevé les deux parents se souhaitèrent bonne nuit pour la dernière fois et allèrent au lit. Victor fit son sac, pour de bon cette fois songeait-il, et prépara sa tenue de voyage qu'il disposa sur un fauteuil.

Lorsque le matin suivant se leva, il enfila les habits qu'il avait préparés, prit son bâton à la main et son havresac par la courroie. Spitz, qui comprenait tout, dansait de joie.

On prit le petit déjeuner en tenant des propos insignifiants.

— Je vais t'accompagner jusqu'à la grille, fit l'oncle lorsque Victor, debout, prêt pour les adieux, eut chargé son sac sur le dos.

Le vieillard s'était rendu dans une pièce voisine ; il avait dû y manœuvrer quelque ressort ou toute autre installation de cette sorte, car à l'instant même

Victor entendit grincer la grille et la vit par la fenêtre s'ouvrir lentement.

— Voilà, dit l'oncle en sortant, ça y est !

Victor s'empara de son bâton et mit son chapeau Le vieillard descendit l'escalier avec lui et ils traversèrent le jardin jusqu'à la grille. Aucun des deux ne souffla mot en chemin. L'oncle, devant le portail, tira un paquet de sa poche et dit :

— Voici tous les papiers.

Mais Victor répondit :

— Permettez-moi, mon Oncle, de ne pas les accepter.

— Quoi ! ne pas les accepter ? Qu'est-ce qui te prend ?

— Permettez-le moi, ne faites pas violence à mes sentiments, fit Victor, laissez-moi en cela agir à ma guise, ne serait-ce que pour vous assurer que je suis bien désintéressé.

— Je ne te force pas, fit le vieillard, et il remit ses papiers dans sa poche.

Victor le regarda quelque temps. De ses yeux clairs jaillissaient les larmes, preuve de sa profonde émotion ; puis il s'inclina tout à coup et baisa violemment la main ridée.

Le vieil homme émit un râle sourd et étrange, comme un sanglot, et il poussa l'adolescent à l'extérieur de la grille.

Aussitôt après, on entendit le bruit du portail

qui se fermait et de la serrure qui s'enclenchait. Victor se retourna : le vieillard était de dos, habillé de sa redingote grise, et regagnait déjà la maison. L'adolescent mit son mouchoir devant ses yeux d'où les larmes coulaient sans vouloir s'arrêter. Puis il s'éloigna lui aussi, empruntant le sentier qui menait à l'endroit où il avait pour la première fois mis le pied sur cette île. Il passa le fossé, traversa le jardin des nains, le bosquet aux grands arbres, le taillis. Quand il arriva à l'embarcadère, ses yeux étaient secs mais encore rouges. Le vieillard de la Hul l'attendait déjà, accompagné de la jolie jeune fille aux yeux bleus qui se tenait à l'arrière du bateau.

Victor monta à bord avec le chien et s'assit. Aussitôt on poussa la barque et la proue tournée vers le large fendit l'eau : l'île s'éloignait déjà.

Quand on fut à la pointe de l'Orla, l'île était déjà loin en arrière et dressait, comme naguère, ses arbres verts juste au-dessus de l'eau. Le bateau à présent contournait lentement l'arête de l'Orla, qui peu à peu cachait l'île dont ne dépassait plus qu'une langue verte : ainsi l'île se retirait insensiblement derrière la paroi du roc, tout comme insensiblement elle était apparue à l'aller. A la fin, comme ils approchaient de la Hul, il n'y eut plus en vue, comme au jour de l'arrivée, que les parois bleues et leur reflet bleu sur l'eau solitaire.

A la Hul, Victor s'arrêta pour parler un instant

avec le vieux pêcheur, et pour lui payer le prix de la traversée. Aucun des deux ne songeait plus aux contes dont il avait été question à l'aller.

Victor avait pu constater à quel point l'orage de la veille avait dévasté la Hul ; le sol était raviné et le rivage profondément creusé par endroits. Des décombres, en blocs terrifiants, avaient dévalé la pente aux avalanches, entraînés par l'eau. Il quitta ce lieu de désolation et gagna le déversoir de l'Afel, puis il prit le long chemin qui montait à travers la forêt.

Il s'arrêta au col et se retourna pour regarder le lac. On voyait à peine la Grisel, la paroi nue et brumeuse qu'il avait tant admirée lors du voyage d'aller était celle de l'Orla. Il la contempla quelque temps en songeant : « Derrière s'étend l'île, où tout doit se passer comme à l'habitude, comme lorsque je revenais de ces excursions sous les érables agités par le vent, ou au bruit du ressac. Quelque part, les deux vieillards solitaires sont assis, l'un ici, l'autre là, et aucun ne parle à l'autre ».

Deux heures plus tard il était à Attmaning. Comme au sortir de l'ombre des arbres il arrivait en vue du village, il entendit tout juste sonner les cloches : jamais sonorité plus douce n'était parvenue à ses oreilles ; le fait est qu'il n'avait pas entendu ce bruit depuis bien longtemps ! Dans la rue du village se tenaient des marchands de bestiaux, avec ces belles bêtes brunes des montagnes qu'ils devaient sans doute conduire vers la plaine ; l'auberge était pleine de monde en ce jour de marché. Victor avait le sentiment d'avoir longtemps rêvé, et de n'être revenu sur terre qu'à l'instant.

Après avoir mangé chez l'aubergiste qui l'avait fait accompagner par le petit garçon à l'aller, il continua son chemin, non pas avec le jeune garçon cette fois, mais dans la forte carriole de l'auberge qui l'emportait vers la plaine en suivant le cours de l'Afel.

Lorsqu'il fut à nouveau parmi les champs cultivés par les hommes, sur leurs routes, dans leur agitation joyeuse, qu'il vit la plaine ornée de légères collines s'étendre au loin devant lui, à perte de vue, tandis que les montagnes qu'il avait quittées ne flottaient plus derrière lui que comme une guirlande bleue, alors, dans ce vaste panorama, son cœur se dilata soudain, le précédant bien loin au-delà de la ligne à peine visible de l'horizon, derrière laquelle demeuraient sa mère nourricière bien-aimée, et Hanna.

Retour

Après que Victor, qui préférait aller à pied, eut quitté sa voiture de louage et qu'il eut repris la marche pour le reste du voyage, après avoir passé beaucoup de temps sur le long chemin qui le ramenait vers sa mère aimée et vénérée à laquelle il souhaitait demander son avis sur les récents événements, il passa bien des jours à traverser forêts et prairies, vallées et collines en compagnie de Spitz, son cher griffon. Il retrouva les prairies illuminées de sa vallée maternelle, dont il avait descendu les pentes avec ses amis, il y avait bien des semaines de cela. Il traversa la première passerelle, la seconde, passa le grand sureau et poussa la vieille petite porte du jardin. Il était tout près de la maison quand il aperçut la mère devant le pommier, dans l'allée. Elle portait son beau tablier blanc, comme elle en avait l'habitude le matin lorsqu'elle avait à s'occuper de la cuisine et à faire tout le ménage.

— Mère, s'écria-t-il, je vous ramène Spitz ; il a été bien soigné et bien traité ; et me voici revenu aussi, car il faut que je vous parle de bien des choses.

— Ah ! Victor, c'est donc toi, s'écria la vieille femme, je te salue, mon fils, je te salue mille fois, mon cher enfant.

Sur ces mots elle s'approcha de lui, releva un peu la casquette qu'il portait, lui caressa le front et les boucles d'une main, et de l'autre lui prit la main droite, le baisant au front et sur les joues. Spitz, qui s'était élancé comme un boulet de canon de la porte du jardin jusqu'à la maison, dansait et bondissait autour de la mère et aboyait terriblement.

Les fenêtres et les portes de la maison étaient ouvertes, comme d'habitude par beau temps ; aussi, aux bruits qu'elle avait entendus, Hanna sortit-elle en courant, mais elle s'arrêta soudain sans pouvoir dire un mot.

— Dites-vous bonjour au moins mes enfants, après cette première séparation que vous ayez connue, fit la mère.

Victor s'approcha et dit timidement :

— Bonjour chère Hanna !

— Bonjour, cher Victor ! répondit-elle en prenant la main tendue.

— Maintenant, entrez, les enfants, dit la mère,

il faut que Victor se débarrasse, et nous dise ce dont il a besoin, s'il est fatigué et ce que nous devons lui donner à manger.

Sur ces mots elle fit entrer les deux enfants, comme elle disait. Dans la grande salle, près de la table qu'il n'avait pas espéré revoir de si tôt, Victor enleva son sac, posa son bâton dans un coin et prit une chaise. La mère s'installa dans le grand fauteuil à côté de lui.

Le griffon, qui avait pris une telle importance et qui faisait partie des arrivants lui aussi, était entré de son côté. Mais dès qu'on se fut mis à se parler et à se faire des récits, il ressortit ; convaincu cette fois qu'il n'y avait plus de danger pour lui d'être séparé de son ami Victor, on le vit bientôt couché dans sa niche au pied du pommier, occupé à chasser par un profond sommeil toute la fatigue accumulée le long du chemin.

Puisqu'ils étaient assis à la table, la mère pressa Victor de questions : avait-il faim, voulait-il quelque chose pour se reposer et reprendre des forces ? Lui répondait qu'il n'était pas fatigué, qu'il avait déjeuné tard et qu'il pouvait attendre l'heure du repas. La mère finit par sortir pour faire préparer un repas plus fin et plus abondant que de coutume, mais elle revint aussitôt, s'assit auprès de lui et commença à parler des affaires qui le concernaient.

— Victor, fit-elle, plusieurs jours après ton

départ est arrivée une lettre de ton oncle dans laquelle il nous défendait de t'écrire pendant tout le temps que tu serais chez lui. J'ai pensé qu'il devait avoir ses raisons pour exiger cela, qui semblait dicté par ton intérêt, et j'y consentis. Tu auras certainement été très peiné de n'avoir pas reçu la moindre syllabe, le moindre signe amical de nous.

— Mère, mon oncle est un homme admirable, merveilleux, l'interrompit Victor...

— Hier encore, ton tuteur a reçu une lettre de lui et toutes sortes de papiers, fit la mère, le tuteur est venu nous lire la lettre. L'oncle te croyait déjà arrivé et nous demandait de te communiquer sa lettre. Tu vas donc bientôt savoir ce qu'elle contient. Oui, c'est un homme admirable, personne ne peut le savoir mieux que moi ; c'est pourquoi j'ai toujours insisté pour t'envoyer chez lui, en attendant l'accord de ton tuteur. Mais, mon Victor, il a aussi un côté dur et rugueux, et voilà pourquoi il n'est jamais parvenu à se faire aimer de quiconque. En pensant à lui, souvent me venait à l'esprit la parole des Livres Saints selon laquelle la figure divine ne se manifesterait pas dans les roulements du tonnerre ni dans les hurlements de la tempête, mais dans le murmure de la brise qui descend le long du ruisseau à travers les bosquets fertiles. Jadis quand tous nous étions jeunes encore, je ne savais pas encore à quel point je devais le tenir en estime. Un jour, quand tu seras plus grand, je te raconterai notre histoire.

— Mère, il me l'a racontée lui-même, dit Victor.

— Il te l'a racontée, mon enfant ! répondit la vieille femme. Alors, c'est qu'il nourrissait pour toi une inclination bien plus grande que je ne le pensais.

— Il ne m'a exposé les faits que très brièvement.

— Je te la raconterai un jour plus longuement et alors tu verras combien de jours tristes et désolés j'ai passés avant d'avoir la vie paisible et automnale que j'ai aujourd'hui. Alors tu comprendras aussi pourquoi je t'aime tant, mon bon, mon pauvre Victor.

En prononçant ces mots, elle fit comme les personnes de son âge, elle entoura de son bras la tête de Victor, la rapprocha d'elle, et posa sa joue contre ses boucles, dans un geste de profonde émotion.

Lorsqu'elle se fut ressaisie, elle s'éloigna et lui dit :

— Victor, dans cette lettre il a consigné tout ce qu'il t'avait dit ces derniers temps, tout ce qu'il a fait pour toi.

Hanna avait rapidement quitté la pièce lorsque la mère avait prononcé ces dernières paroles.

— Les papiers qui t'attribuent la propriété du domaine, il les a envoyés à ton tuteur ! tu dois l'accepter avec joie et reconnaissance.

— C'est difficile, mère, c'est si étrange...

— Le tuteur dit que tu dois tout faire exactement comme ton oncle le désire. Tu n'as plus besoin maintenant de prendre le poste qu'il a voulu te procurer ; personne ne pouvait prévoir que les choses tourneraient ainsi, une vie merveilleuse t'attend.

— Mais Hanna voudra-t-elle ? fit Victor.

— Mais qui te parle de Hanna ? répondit la mère les yeux soudain brillants de joie.

Mais Victor en proie à un trouble brûlant ne pouvait plus rien dire, et restait assis là comme si le rouge de la honte allait lui faire éclater les joues.

— Elle voudra, elle voudra, dit encore la mère, ne te tourmente pas, tout se passera le mieux du monde. Pour l'instant il va falloir travailler à t'équiper pour ton grand voyage. Tu es maintenant ton propre maître, et un maître qui a les moyens ; aussi faut-il que tout change : il faudra te préparer bien d'autres affaires. Je vais m'en charger. Mais maintenant il me faut aussi m'occuper du dîner ; pendant ce temps, regarde la maison pour voir s'il n'y a pas quelque chose de changé ou fais toute autre chose qu'il te plaira, l'heure du repas de toute façon ne va pas tarder.

Sur ce elle se leva et s'en retourna à la cuisine.

Lorsque le repas de midi fut prêt et servi, tous trois se retrouvèrent ensemble autour de la table, ce qu'ils n'avaient pas connu depuis longtemps.

L'après-midi, Victor partit se promener dans les environs, visiter les endroits qui naguère lui avaient été chers et familiers ; Hanna pendant ce temps courait dans la maison et faisait tout de travers.

Lorsque le soir, après le repas, il voulut aller se coucher, la mère, la bougie à la main, l'accompagna jusque dans son ancienne chambre. Comme ils entraient, il put se rendre compte que rien n'avait été modifié, à l'inverse de ce qu'il s'était pourtant si vivement imaginé après son départ. Même la malle et les caisses étaient encore là, comme le jour où il les avait faites.

— Vois-tu, dit la mère, nous avons tout laissé en place ; l'oncle avait écrit que nous ne devions rien expédier tant que ton destin ne serait pas encore décidé. Et maintenant, bonne nuit, Victor.

— Bonne nuit, mère.

Lorsqu'elle fut partie, il regarda de nouveau par la fenêtre les buissons en dessous de lui et l'eau murmurante où les étoiles se reflétaient. Une fois au lit, il écouta encore ce même bruissement d'eau qu'il avait entendu tant de soirs pendant son enfance et son adolescence.

Epilogue

Si nous pouvons ajouter quelque chose à ce portrait d'adolescent tracé au long des paragraphes précédents, nous dirons encore un mot.

Une fois que la mère en eut fini avec les préparatifs de Victor, et que tout eut été disposé pour l'avenir et le bonheur du jeune homme, au plus profond de l'automne de la même année, il y eut encore une séparation. Mais celle-ci ne fut pas triste comme la première : ce n'était pas une séparation pour la vie entière, mais seulement une courte absence nécessaire, que devait suivre une longue et belle période de bonheur.

Hanna consentait bien volontiers à participer de très près à ce temps de bonheur, c'est en tout cas ce que montraient les baisers ardents et violents dont elle couvrait les lèvres de Victor lorsqu'il prirent, dans l'intimité, congé l'un de l'autre et qu'il la serra violemment contre lui au point de ne plus pouvoir la lâcher et de lui faire mal. Le frère et la sœur de lait pleurèrent beaucoup lors de ces adieux qui promettaient pourtant tant de bonheur ; ils pleuraient comme s'il s'agissait d'une déchirante séparation, qui les éloignait pour longtemps l'un de l'autre, ou même ne leur laissait aucun espoir de jamais se retrouver ensemble.

De son côté Ludmilla, la mère, ne cessait d'aller et venir dans sa joie silencieuse ; elle avait béni son fils à l'instant du départ, et n'arrêtait plus de s'émerveiller de ce que le peu de bien qu'elle avait toujours plus voulu que pu faire lui valût d'être en sa vieillesse tant et tant récompensée par Dieu.

Quand il fut parti, la vie silencieuse et simple recommença dans la maison, telle qu'on l'avait menée jusque-là. La mère vaquait aux soins de la maisonnée en toute insouciance, s'occupait de tout pour le mieux, faisait du bien partout où elle le pouvait ; en même temps elle veillait à préparer tout ce qu'il fallait pour équiper un foyer et y installer commodément un ménage dans un proche avenir. Hanna pour sa part était une fille dévouée qui faisait tout ce que sa mère voulait et qui attendait pleine d'émotion et d'agitation intérieure ce que l'avenir allait lui apporter.

Après quatre ans, les lettres arrivées de l'étranger, toutes rédigées de la même écriture familière et aimée, formaient une pile d'imposantes dimensions ; mais leur expéditeur allait enfin rentrer et le courrier cessa. Victor était revenu changé à ce point que sa mère nourricière elle-même en fut toute surprise et ébahie : l'adolescent, presque encore un enfant, était en peu de temps devenu un homme. Mais seuls son intelligence et son esprit s'étaient épanouis, la générosité qu'elle lui avait incúlquée était restée intacte, elle, aussi enfantine et innocente que dans l'enfance ; son cœur, en effet, elle pouvait le lui donner, mais non pas ce qu'exige un homme fort, ni tout ce que la vie exige pour lui.

Hanna ne vit aucun changement en Victor ; car depuis l'enfance elle le tenait pour plus habile et plus solide qu'elle, ignorant qu'elle avait elle-même une de ces âmes bonnes, simples et grandes qui sans y manquer font le bien comme l'eau descend les pentes ; sans doute supposait-elle que c'était là un bien commun qu'elle partageait avec tous les hommes.

Peu de temps après ce retour, le couple se tenait devant l'autel pour y consacrer une union éternelle : Victor et Hanna, ces deux êtres dont les visages étaient l'image fidèle de deux autres qui autrefois auraient bien aimé, eux aussi, se tenir devant ce même autel, mais que l'infortune et les torts respectifs avaient arrachés l'un à l'autre et qui devaient le regretter ensuite leur vie entière.

Toute la bande d'amis qui avaient fêté jadis par

une partie de campagne l'anniversaire de Ferdinand, tous étaient venus à cette fête en l'honneur de Victor et Hanna. Il y avait là aussi le tuteur et sa femme, et Rosina elle-même, déjà une jeune femme, et puis les compagnes de jeu de Rosina et de Hanna, et bien d'autres personnes encore.

Après les festivités du mariage, Victor conduisit triomphalement Hanna jusqu'à sa propriété. La mère ne les accompagna pas, disant qu'elle verrait bien.

L'oncle, malgré les prières de Victor qui était allé lui-même l'inviter, n'était pas venu au mariage de son neveu. Il était resté là-bas, tout seul dans son île ; car comme il l'avait dit lui-même, tout, tout était trop tard, et ce qui avait été manqué ne pouvait être rattrapé.

Si l'on voulait appliquer à l'homme la parabole du figuier stérile, on pourrait peut-être dire ceci : le bon, le doux, le grand jardinier ne le jette pas au feu pour autant ; à chaque printemps il regarde le feuillage stérile, et à chaque printemps il le laisse verdir, jusqu'à ce que les feuilles se fassent de plus en plus rares, jusqu'à ce qu'enfin ne se dressent plus que les branches desséchées. Alors l'arbre est arraché du jardin, et à sa place on met autre chose. Les autres plantes, elles, continueront à fleurir et à croître, mais nulle ne pourra dire qu'elle est issue de ses graines, ni que les fruits savoureux qu'elle porte viennent de lui. Toujours et toujours le soleil fera descendre sa lumière, toujours le ciel bleu sourira, de millénaire en millénaire, et la terre se revêtira de son ancienne verdure et les générations descendront leur longue chaîne jusqu'au dernier enfant : lui seul est exclu de tout cela, parce que son existence n'a formé nulle image, parce que ses bourgeons ne lui permettent pas de descendre le fil des temps. Même s'il a laissé après lui d'autres traces, celles-ci s'effaceront comme s'efface tout ce qui est terrestre, et quand enfin tout aura disparu dans l'océan des jours, les choses les plus grandes, les plus grandes allégresses, lui disparaîtra d'abord parce que tout en lui sombre déjà tandis qu'il respire, tandis qu'en lui persiste la vie.

Table

Présentation par Georges-Arthur Goldschmidt *7*

Contrepoint *25*
Unisson *35*
Séparation *63*
Voyage *83*
Séjour *123*
Retour *191*
Épilogue *199*

IMPRIMERIE BRODARD ET TAUPIN À LA FLÈCHE
DÉPÔT LÉGAL NOVEMBRE 1993. N° 14625 (16051-5)

Collection Points

SÉRIE ROMAN

R1. Le Tambour, *par Günter Grass*
R2. Le Dernier des Justes, *par André Schwarz-Bart*
R3. Le Guépard, *par Giuseppe Tomasi di Lampedusa*
R4. La Côte sauvage, *par Jean-René Huguenin*
R5. Acid Test, *par Tom Wolfe*
R6. Je vivrai l'amour des autres, *par Jean Cayrol*
R7. Les Cahiers de Malte Laurids Brigge
par Rainer Maria Rilke
R8. Moha le fou, Moha le sage, *par Tahar Ben Jelloun*
R9. L'Horloger du Cherche-Midi, *par Luc Estang*
R10. Le Baron perché, *par Italo Calvino*
R11. Les Bienheureux de La Désolation, *par Hervé Bazin*
R12. Salut Galarneau !, *par Jacques Godbout*
R13. Cela s'appelle l'aurore, *par Emmanuel Roblès*
R14. Les Désarrois de l'élève Törless, *par Robert Musil*
R15. Pluie et Vent sur Télumée Miracle
par Simone Schwarz-Bart
R16. La Traque, *par Herbert Lieberman*
R17. L'Imprécateur, *par René-Victor Pilhes*
R18. Cent Ans de solitude, *par Gabriel Garcia Marquez*
R19. Moi d'abord, *par Katherine Pancol*
R20. Un jour, *par Maurice Genevoix*
R21. Un pas d'homme, *par Marie Susini*
R22. La Grimace, *par Heinrich Böll*
R23. L'Age du tendre, *par Marie Chaix*
R24. Une tempête, *par Aimé Césaire*
R25. Moustiques, *par William Faulkner*
R26. La Fantaisie du voyageur
par François-Régis Bastide
R27. Le Turbot, *par Günter Grass*
R28. Le Parc, *par Philippe Sollers*
R29. Ti Jean L'horizon, *par Simone Schwarz-Bart*
R30. Affaires étrangères, *par Jean-Marc Roberts*
R31. Nedjma, *par Kateb Yacine*
R32. Le Vertige, *par Evguénia Guinzbourg*

R33. La Motte rouge, *par Maurice Genevoix*
R34. Les Buddenbrook, *par Thomas Mann*
R35. Grand Reportage, *par Michèle Manceaux*
R36. Isaac le mystérieux (Le ver et le solitaire) *par Jerome Charyn*
R37. Le Passage, *par Jean Reverzy*
R38. Chesapeake, *par James A. Michener*
R39. Le Testament d'un poète juif assassiné *par Elie Wiesel*
R40. Candido, *par Leonardo Sciascia*
R41. Le Voyage à Paimpol, *par Dorothée Letessier*
R42. L'Honneur perdu de Katharina Blum *par Heinrich Böll*
R43. Le Pays sous l'écorce, *par Jacques Lacarrière*
R44. Le Monde selon Garp, *par John Irving*
R45. Les Trois Jours du cavalier, *par Nicole Ciravégna*
R46. Nécropolis, *par Herbert Lieberman*
R47. Fort Saganne, *par Louis Gardel*
R48. La Ligne 12, *par Raymond Jean*
R49. Les Années de chien, *par Günter Grass*
R50. La Réclusion solitaire, *par Tahar Ben Jelloun*
R51. Senilità, *par Italo Svevo*
R52. Trente Mille Jours, *par Maurice Genevoix*
R53. Cabinet Portrait, *par Jean-Luc Benoziglio*
R54. Saison violente, *par Emmanuel Roblès*
R55. Une comédie française, *par Éric Orsenna*
R56. Le Pain nu, *par Mohamed Choukri*
R57. Sarah et le Lieutenant français, *par John Fowles*
R58. Le Dernier Viking, *par Patrick Grainville*
R59. La Mort de la phalène, *par Virginia Woolf*
R60. L'Homme sans qualités, tome 1, *par Robert Musil*
R61. L'Homme sans qualités, tome 2, *par Robert Musil*
R62. L'Enfant de la mer de Chine, *par Didier Decoin*
R63. Le Professeur et la Sirène *par Giuseppe Tomasi di Lampedusa*
R64. Le Grand Hiver, *par Ismaïl Kadaré*
R65. Le Cœur du voyage, *par Pierre Moustiers*
R66. Le Tunnel, *par Ernesto Sabato*
R67. Kamouraska, *par Anne Hébert*
R68. Machenka, *par Vladimir Nabokov*

R69. Le Fils du pauvre, *par Mouloud Feraoun*
R70. Cités à la dérive, *par Stratis Tsirkas*
R71. Place des Angoisses, *par Jean Reverzy*
R72. Le Dernier Chasseur, *par Charles Fox*
R73. Pourquoi pas Venise, *par Michèle Manceaux*
R74. Portrait de groupe avec dame, *par Heinrich Böll*
R75. Lunes de fiel, *par Pascal Bruckner*
R76. Le Canard de bois (Les Fils de la Liberté, I) *par Louis Caron*
R77. Jubilee, *par Margaret Walker*
R78. Le Médecin de Cordoue, *par Herbert Le Porrier*
R79. Givre et Sang, *par John Cowper Powys*
R80. La Barbare, *par Katherine Pancol*
R81. Si par une nuit d'hiver un voyageur, *par Italo Calvino*
R82. Gerardo Laïn, *par Michel del Castillo*
R83. Un amour infini, *par Scott Spencer*
R84. Une enquête au pays, *par Driss Chraïbi*
R85. Le Diable sans porte (tome 1 : Ah, mes aïeux !) *par Claude Duneton*
R86. La Prière de l'absent, *par Tahar Ben Jelloun*
R87. Venise en hiver, *par Emmanuel Roblès*
R88. La Nuit du Décret, *par Michel del Castillo*
R89. Alejandra, *par Ernesto Sabato*
R90. Plein Soleil, *par Marie Susini*
R91. Les Enfants de fortune, *par Jean-Marc Roberts*
R92. Protection encombrante, *par Heinrich Böll*
R93. Lettre d'excuse, *par Raphaële Billetdoux*
R94. Le Voyage indiscret, *par Katherine Mansfield*
R95. La Noire, *par Jean Cayrol*
R96. L'Obsédé (L'Amateur), *par John Fowles*
R97. Siloé, *par Paul Gadenne*
R98. Portrait de l'artiste en jeune chien, *par Dylan Thomas*
R99. L'Autre, *par Julien Green*
R100. Histoires pragoises, *par Rainer Maria Rilke*
R101. Bélibaste, *par Henri Gougaud*
R102. Le Ciel de la Kolyma (Le Vertige, II) *par Evguénia Guinzbourg*
R103. La Mulâtresse Solitude, *par André Schwarz-Bart*
R104. L'Homme du Nil, *par Stratis Tsirkas*
R105. La Rhubarbe, *par René-Victor Pilhes*

R106. Gibier de potence, *par Kurt Vonnegut*
R107. Memory Lane
par Patrick Modiano, dessins de Pierre Le-Tan
R108. L'Affreux Pastis de la rue des Merles
par Carlo Emilio Gadda
R109. La Fontaine obscure, *par Raymond Jean*
R110. L'Hôtel New Hampshire, *par John Irving*
R111. Les Immémoriaux, *par Victor Segalen*
R112. Cœur de lièvre, *par John Updike*
R113. Le Temps d'un royaume, *par Rose Vincent*
R114. Poisson-chat, *par Jerome Charyn*
R115. Abraham de Brooklyn, *par Didier Decoin*
R116. Trois Femmes, *suivi de* Noces, *par Robert Musil*
R117. Les Enfants du sabbat, *par Anne Hébert*
R118. La Palmeraie, *par François-Régis Bastide*
R119. Maria Republica, *par Agustin Gomez-Arcos*
R120. La Joie, *par Georges Bernanos*
R121. Incognito, *par Petru Dumitriu*
R122. Les Forteresses noires, *par Patrick Grainville*
R123. L'Ange des ténèbres, *par Ernesto Sabato*
R124. La Fiera, *par Marie Susini*
R125. La Marche de Radetzky, *par Joseph Roth*
R126. Le vent souffle où il veut, *par Paul-André Lesort*
R127. Si j'étais vous..., *par Julien Green*
R128. Le Mendiant de Jérusalem, *par Elie Wiesel*
R129. Mortelle, *par Christopher Frank*
R130. La France m'épuise, *par Jean-Louis Curtis*
R131. Le Chevalier inexistant, *par Italo Calvino*
R132. Le Dialogue des Carmélites, *par Georges Bernanos*
R133. L'Étrusque, *par Mika Waltari*
R134. La Rencontre des hommes, *par Benigno Cacérès*
R135. Le Petit Monde de Don Camillo
par Giovanni Guareschi
R136. Le Masque de Dimitrios, *par Eric Ambler*
R137. L'Ami de Vincent, *par Jean-Marc Roberts*
R138. Un homme au singulier, *par Christopher Isherwood*
R139. La Maison du désir, *par France Huser*
R140. Moi et ma cheminée, *par Herman Melville*
R141. Les Fous de Bassan, *par Anne Hébert*
R142. Les Stigmates, *par Luc Estang*

R143. Le Chat et la Souris, *par Günter Grass*
R144. Loïca, *par Dorothée Letessier*
R145. Paradiso, *par José Lezama Lima*
R146. Passage de Milan, *par Michel Butor*
R147. Anonymus, *par Michèle Manceaux*
R148. La Femme du dimanche
par Carlo Fruttero et Franco Lucentini
R149. L'Amour monstre, *par Louis Pauwels*
R150. L'Arbre à soleils, *par Henri Gougaud*
R151. Traité du zen et de l'entretien des motocyclettes
par Robert M. Pirsig
R152. L'Enfant du cinquième Nord, *par Pierre Billon*
R153. N'envoyez plus de roses, *par Eric Ambler*
R154. Les Trois Vies de Babe Ozouf, *par Didier Decoin*
R155. Le Vert Paradis, *par André Brincourt*
R156. Varouna, *par Julien Green*
R157. L'Incendie de Los Angeles, *par Nathanaël West*
R158. Les Belles de Tunis, *par Nine Moati*
R159. Vertes Demeures, *par Henry Hudson*
R160. Les Grandes Vacances, *par Francis Ambrière*
R161. Ceux de 14, *par Maurice Genevoix*
R162. Les Villes invisibles, *par Italo Calvino*
R163. L'Agent secret, *par Graham Greene*
R164. La Lézarde, *par Edouard Glissant*
R165. Le Grand Escroc, *par Herman Melville*
R166. Lettre à un ami perdu, *par Patrick Besson*
R167. Evaristo Carriego, *par Jorge Luis Borges*
R168. La Guitare, *par Michel del Castillo*
R169. Épitaphe pour un espion, *par Eric Ambler*
R170. Fin de saison au Palazzo Pedrotti, *par Frédéric Vitoux*
R171. Jeunes Années. Autobiographie 1, *par Julien Green*
R172. Jeunes Années. Autobiographie 2, *par Julien Green*
R173. Les Égarés, *par Frédérick Tristan*
R174. Une affaire de famille, *par Christian Giudicelli*
R175. Le Testament amoureux, *par Rezvani*
R176. C'était cela notre amour, *par Marie Susini*
R177. Souvenirs du triangle d'or, *par Alain Robbe-Grillet*
R178. Les Lauriers du lac de Constance, *par Marie Chaix*
R179. Plan B, *par Chester Himes*
R180. Le Sommeil agité, *par Jean-Marc Roberts*

R181. Roman Roi, *par Renaud Camus*
R182. Vingt Ans et des poussières
par Didier van Cauwelaert
R183. Le Château des destins croisés, *par Italo Calvino*
R184. Le Vent de la nuit, *par Michel del Castillo*
R185. Une curieuse solitude, *par Philippe Sollers*
R186. Les Trafiquants d'armes, *par Eric Ambler*
R187. Un printemps froid, *par Danièle Sallenave*
R188. Mickey l'Ange, *par Geneviève Dormann*
R189. Histoire de la mer, *par Jean Cayrol*
R190. Senso, *par Camillo Boito*
R191. Sous le soleil de Satan
par Georges Bernanos
R192. Niembsch ou l'immobilité, *par Peter Härtling*
R193. Prends garde à la douceur des choses
par Raphaële Billetdoux
R194. L'Agneau carnivore, *par Agustin Gomez-Arcos*
R195. L'Imposture, *par Georges Bernanos*
R196. Ararat, *par D. M. Thomas*
R197. La Croisière de l'angoisse, *par Eric Ambler*
R198. Léviathan, *par Julien Green*
R199. Sarnia, *par Gerald Basil Edwards*
R200. Le Colleur d'affiches, *par Michel del Castillo*
R201. Un mariage poids moyen, *par John Irving*
R202. John l'Enfer, *par Didier Decoin*
R203. Les Chambres de bois, *par Anne Hébert*
R204. Mémoires d'un jeune homme rangé
par Tristan Bernard
R205. Le Sourire du Chat, *par François Maspero*
R206. L'Inquisiteur, *par Henri Gougaud*
R207. La Nuit américaine, *par Christopher Frank*
R208. Jeunesse dans une ville normande
par Jacques-Pierre Amette
R209. Fantôme d'une puce, *par Michel Braudeau*
R210. L'Avenir radieux, *par Alexandre Zinoviev*
R211. Constance D., *par Christian Combaz*
R212. Épaves, *par Julien Green*
R213. La Leçon du maître, *par Henry James*
R214. Récit des temps perdus, *par Aris Fakinos*
R215. La Fosse aux chiens, *par John Cowper Powys*

R216. Les Portes de la forêt, *par Elie Wiesel*
R217. L'Affaire Deltchev, *par Eric Ambler*
R218. Les amandiers sont morts de leurs blessures *par Tahar Ben Jelloun*
R219. L'Admiroir, *par Anny Duperey*
R220. Les Grands Cimetières sous la lune *par Georges Bernanos*
R221. La Créature, *par Étienne Barilier*
R222. Un Anglais sous les tropiques, *par William Boyd*
R223. La Gloire de Dina, *par Michel del Castillo*
R224. Poisson d'amour, *par Didier van Cauwelaert*
R225. Les Yeux fermés, *par Marie Susini*
R226. Cobra, *par Severo Sarduy*
R227. Cavalerie rouge, *par Isaac Babel*
R228. Tous les soleils, *par Bertrand Visage*
R229. Pétersbourg, *par Andréi Biély*
R230. Récits d'un jeune médecin, *par Mikhaïl Boulgakov*
R231. La Maison des prophètes, *par Nicolas Saudray*
R232. Trois Heures du matin à New York *par Herbert Lieberman*
R233. La Mère du printemps, *par Driss Chraïbi*
R234. Adrienne Mesurat, *par Julien Green*
R235. Jusqu'à la mort, *par Amos Oz*
R236. Les Envoûtés, *par Witold Gombrowicz*
R237. Frontière des ténèbres, *par Eric Ambler*
R238. Les Deux Sacrements, *par Heinrich Böll*
R239. Cherchant qui dévorer, *par Luc Estang*
R240. Le Tournant, *par Klaus Mann*
R241. Aurélia, *par France Huser*
R242. Le Sixième Hiver *par Douglas Orgill et John Gribbin*
R243. Naissance d'un spectre, *par Frédérick Tristan*
R244. Lorelei, *par Maurice Genevoix*
R245. Le Bois de la nuit, *par Djuna Barnes*
R246. La Caverne céleste, *par Patrick Grainville*
R247. L'Alliance, tome 1, *par James A. Michener*
R248. L'Alliance, tome 2, *par James A. Michener*
R249. Juliette, chemin des Cerisiers, *par Marie Chaix*
R250. Le Baiser de la femme-araignée, *par Manuel Puig*
R251. Le Vésuve, *par Emmanuel Roblès*

R252. Comme neige au soleil, *par William Boyd*
R253. Palomar, *par Italo Calvino*
R254. Le Visionnaire, *par Julien Green*
R255. La Revanche, *par Henry James*
R256. Les Années-lumière, *par Rezvani*
R257. La Crypte des capucins, *par Joseph Roth*
R258. La Femme publique, *par Dominique Garnier*
R259. Maggie Cassidy, *par Jack Kerouac*
R260. Mélancolie Nord, *par Michel Rio*
R261. Énergie du désespoir, *par Eric Ambler*
R262. L'Aube, *par Elie Wiesel*
R263. Le Paradis des orages, *par Patrick Grainville*
R264. L'Ouverture des bras de l'homme
par Raphaële Billetdoux
R265. Méchant, *par Jean-Marc Roberts*
R266. Un policeman, *par Didier Decoin*
R267. Les Corps étrangers, *par Jean Cayrol*
R268. Naissance d'une passion, *par Michel Braudeau*
R269. Dara, *par Patrick Besson*
R270. Parias, *par Pascal Bruckner*
R271. Le Soleil et la Roue, *par Rose Vincent*
R272. Le Malfaiteur, *par Julien Green*
R273. Scarlett si possible, *par Katherine Pancol*
R274. Journal d'une fille de Harlem, *par Julius Horwitz*
R275. Le Nez de Mazarin, *par Anny Duperey*
R276. La Chasse à la licorne, *par Emmanuel Roblès*
R277. Red Fox, *par Anthony Hyde*
R278. Minuit, *par Julien Green*
R279. L'Enfer, *par René Belletto*
R280. Et si on parlait d'amour, *par Claire Gallois*
R281. Pologne, *par James A. Michener*
R282. Notre homme, *par Louis Gardel*
R283. La Nuit du solstice, *par Herbert Lieberman*
R284. Place de Sienne, côté ombre
par Carlo Fruttero et Franco Lucentini
R285. Meurtre au comité central
par Manuel Vázquez Montalbán
R286. L'Isolé soleil, *par Daniel Maximin*
R287. Samedi soir, dimanche matin, *par Alan Sillitoe*
R288. Petit Louis, dit XIV, *par Claude Duneton*

R289. Le Perchoir du perroquet, *par Michel Rio*
R290. L'Enfant pain, *par Agustin Gomez-Arcos*
R291. Les Années Lula, *par Rezvani*
R292. Michael K, sa vie, son temps, *par J. M. Coetzee*
R293. La Connaissance de la douleur
par Carlo Emilio Gadda
R294. Complot à Genève, *par Eric Ambler*
R295. Serena, *par Giovanni Arpino*
R296. L'Enfant de sable, *par Tahar Ben Jelloun*
R297. Le Premier Regard, *par Marie Susini*
R298. Regardez-moi, *par Anita Brookner*
R299. La Vie fantôme, *par Danièle Sallenave*
R300. L'Enchanteur, *par Vladimir Nabokov*
R301. L'Ile atlantique, *par Tony Duvert*
R302. Le Grand Cahier, *par Agota Kristof*
R303. Le Manège espagnol, *par Michel del Castillo*
R304. Le Berceau du chat, *par Kurt Vonnegut*
R305. Une histoire américaine, *par Jacques Godbout*
R306. Les Fontaines du grand abîme, *par Luc Estang*
R307. Le Mauvais Lieu, *par Julien Green*
R308. Aventures dans le commerce des peaux en Alaska
par John Hawkes
R309. La Vie et demie, *par Sony Labou Tansi*
R310. Jeune Fille en silence, *par Raphaële Billetdoux*
R311. La Maison près du marais, *par Herbert Lieberman*
R312. Godelureaux, *par Eric Ollivier*
R313. La Chambre ouverte, *par France Huser*
R314. L'Œuvre de Dieu, la part du Diable, *par John Irving*
R315. Les Silences ou la vie d'une femme
par Marie Chaix
R316. Les Vacances du fantôme, *par Didier van Cauwelaert*
R317. Le Levantin, *par Eric Ambler*
R318. Beno s'en va-t-en guerre, *par Jean-Luc Benoziglio*
R319. Miss Lonelyhearts, *par Nathanaël West*
R320. Cosmicomics, *par Italo Calvino*
R321. Un été à Jérusalem, *par Chochana Boukhobza*
R322. Liaisons étrangères, *par Alison Lurie*
R323. L'Amazone, *par Michel Braudeau*
R324. Le Mystère de la crypte ensorcelée
par Eduardo Mendoza

R325. Le Cri, *par Chochana Boukhobza*
R326. Femmes devant un paysage fluvial, *par Heinrich Böll*
R327. La Grotte, *par Georges Buis*
R328. Bar des flots noirs, *par Olivier Rolin*
R329. Le Stade de Wimbledon, *par Daniele Del Giudice*
R330. Le Bruit du temps, *par Ossip E. Mandelstam*
R331. La Diane rousse, *par Patrick Grainville*
R332. Les Éblouissements, *par Pierre Mertens*
R333. Talgo, *par Vassilis Alexakis*
R334. La Vie trop brève d'Edwin Mullhouse
par Steven Millhauser
R335. Les Enfants pillards, *par Jean Cayrol*
R336. Les Mystères de Buenos Aires, *par Manuel Puig*
R337. Le Démon de l'oubli, *par Michel del Castillo*
R338. Christophe Colomb, *par Stephen Marlowe*
R339. Le Chevalier et la Reine, *par Christopher Frank*
R340. Autobiographie de tout le monde, *par Gertrude Stein*
R341. Archipel, *par Michel Rio*
R342. Texas, tome 1, *par James A. Michener*
R343. Texas, tome 2, *par James A. Michener*
R344. Loyola's blues, *par Erik Orsenna*
R345. L'Arbre aux trésors, légendes, *par Henri Gougaud*
R346. Les Enfants des morts, *par Henrich Böll*
R347. Les Cent Premières Années de Niño Cochise
par A. Kinney Griffith et Niño Cochise
R348. Vente à la criée du lot 49, *par Thomas Pynchon*
R349. Confessions d'un enfant gâté
par Jacques-Pierre Amette
R350. Boulevard des trahisons, *par Thomas Sanchez*
R351. L'Incendie, *par Mohammed Dib*
R352. Le Centaure, *par John Updike*
R353. Une fille cousue de fil blanc, *par Claire Gallois*
R354. L'Adieu aux champs, *par Rose Vincent*
R355. La Ratte, *par Günter Grass*
R356. Le Monde hallucinant, *par Reinaldo Arenas*
R357. L'Anniversaire, *par Mouloud Feraoun*
R358. Le Premier Jardin, *par Anne Hébert*
R359. L'Amant sans domicile fixe
par Carlo Fruttero et Franco Lucentini
R360. L'Atelier du peintre, *par Patrick Grainville*

R361. Le Train vert, *par Herbert Lieberman*
R362. Autopsie d'une étoile, *par Didier Decoin*
R363. Un joli coup de lune, *par Chester Himes*
R364. La Nuit sacrée, *par Tahar Ben Jelloun*
R365. Le Chasseur, *par Carlo Cassola*
R366. Mon père américain, *par Jean-Marc Roberts*
R367. Remise de peine, *par Patrick Modiano*
R368. Le Rêve du singe fou, *par Christopher Frank*
R369. Angelica, *par Bertrand Visage*
R370. Le Grand Homme, *par Claude Delarue*
R371. La Vie comme à Lausanne, *par Erik Orsenna*
R372. Une amie d'Angleterre, *par Anita Brookner*
R373. Norma ou l'exil infini, *par Emmanuel Roblès*
R374. Les Jungles pensives, *par Michel Rio*
R375. Les Plumes du pigeon, *par John Updike*
R376. L'Héritage Schirmer, *par Eric Ambler*
R377. Les Flamboyants, *par Patrick Grainville*
R378. L'Objet perdu de l'amour, *par Michel Braudeau*
R379. Le Boucher, *par Alina Reyes*
R380. Le Labyrinthe aux olives, *par Eduardo Mendoza*
R381. Les Pays lointains, *par Julien Green*
R382. L'Épopée du buveur d'eau, *par John Irving*
R383. L'Écrivain public, *par Tahar Ben Jelloun*
R384. Les Nouvelles Confessions, *par William Boyd*
R385. Les Lèvres nues, *par France Huser*
R386. La Famille de Pascal Duarte, *par Camilo José Cela*
R387. Une enfance à l'eau bénite, *par Denise Bombardier*
R388. La Preuve, *par Agota Kristof*
R389. Tarabas, *par Joseph Roth*
R390. Replay, *par Ken Grimwood*
R391. Rabbit Boss, *par Thomas Sanchez*
R392. Aden Arabie, *par Paul Nizan*
R393. La Ferme, *par John Updike*
R394. L'Obscène Oiseau de la nuit, *par José Donoso*
R395. Un printemps d'Italie, *par Emmanuel Roblès*
R396. L'Année des méduses, *par Christopher Frank*
R397. Miss Missouri, *par Michel Boujut*
R398. Le Figuier, *par François Maspero*
R399. La Solitude du coureur de fond, *par Alan Sillitoe*
R400. L'Exposition coloniale, *par Erik Orsenna*

R401. La Ville des prodiges, *par Eduardo Mendoza*
R402. La Croyance des voleurs, *par Michel Chaillou*
R403. Rock Springs, *par Richard Ford*
R404. L'Orange amère, *par Didier van Cauwelaert*
R405. Tara, *par Michel del Castillo*
R406. L'Homme à la vie inexplicable, *par Henri Gougaud*
R407. Le Beau Rôle, *par Louis Gardel*
R408. Le Messie de Stockholm, *par Cynthia Ozick*
R409. Les Exagérés, *par Jean-François Vilar*
R410. L'Objet du scandale, *par Robertson Davies*
R411. Berlin mercredi, *par François Weyergans*
R412. L'Inondation, *par Evguéni Zamiatine*
R413. Rentrez chez vous Bogner !, *par Heinrich Böll*
R414. Les Herbes amères, *par Chochana Boukhobza*
R415. Le Pianiste, *par Manuel Vázquez Montalbán*
R416. Une mort secrète, *par Richard Ford*
R417. La Journée d'un scrutateur, *par Italo Calvino*
R418. Collection de sable, *par Italo Calvino*
R419. Les Soleils des indépendances, *par Ahmadou Kourouma*
R420. Lacenaire (un film de Francis Girod)
par Georges Conchon
R421. Œuvres pré-posthumes, *par Robert Musil*
R422. Merlin, *par Michel Rio*
R423. Charité, *par Éric Jourdan*
R424. Le Visiteur, *par György Konrad*
R425. Monsieur Adrien, *par Franz-Olivier Giesbert*
R426. Palinure de Mexico, *par Fernando Del Paso*
R427. L'Amour du prochain, *par Hugo Claus*
R428. L'Oublié, *par Elie Wiesel*
R429. Temps zéro, *par Italo Calvino*
R430. Les Comptoirs du Sud, *par Philippe Doumenc*
R431. Le Jeu des décapitations, *par Jose Lezama Lima*
R432. Tableaux d'une ex, *par Jean-Luc Benoziglio*
R433. Les Effrois de la glace et des ténèbres
par Christoph Ransmayr
R434. Paris-Athènes, *par Vassilis Alexakis*
R435. La Porte de Brandebourg, *par Anita Brookner*
R436. Le Jardin à la dérive, *par Ida Fink*
R437. Malina, *par Ingeborg Bachmann*
R438. Moi, laminaire, *par Aimé Césaire*

R439. Histoire d'un idiot racontée par lui-même
par Félix de Azúa
R440. La Résurrection des morts, *par Scott Spencer*
R441. La Caverne, *par Eugène Zamiatine*
R442. Le Manticore, *par Robertson Davies*
R443. Perdre, *par Pierre Mertens*
R444. La Rébellion, *par Joseph Roth*
R445. D'amour P. Q., *par Jacques Godbout*
R446. Un oiseau brûlé vif, *par Agustin Gomez-Arcos*
R447. Le Blues de Buddy Bolden, *par Michael Ondaatje*
R448. Étrange séduction (Un bonheur de rencontre)
par Ian McEwan
R449. La Diable, *par Fay Weldon*
R450. L'Envie, *par Iouri Olecha*
R451. La Maison du Mesnil, *par Maurice Genevoix*
R452. La Joyeuse Bande d'Atzavara
par Manuel Vázquez Montalbán
R453. Le Photographe et ses Modèles, *par John Hawkes*
R454. Rendez-vous sur la terre, *par Bertrand Visage*
R455. Les Aventures singulières du soldat Ivan Tchonkine
par Vladimir Voïnovitch
R456. Départements et Territoires d'outre-mort
par Henri Gougaud
R457. Vendredi des douleurs, *par Miguel Angel Asturias*
R458. L'Avortement, *par Richard Brautigan*
R459. Histoire du ciel, *par Jean Cayrol*
R460. Une prière pour Owen, *par John Irving*
R461. L'Orgie, la Neige, *par Patrick Grainville*
R462. Le Tueur et son ombre, *par Herbert Lieberman*
R463. Les Grosses Rêveuses, *par Paul Fournel*
R464. Un week-end dans le Michigan, *par Richard Ford*
R465. Les Marches du palais, *par David Shahar*
R466. Les hommes cruels ne courent pas les rues
par Katherine Pancol
R467. La Vie exagérée de Martín Romaña
par Alfredo Bryce-Echenique
R468. Les Étoiles du Sud, *par Julien Green*
R469. Aventures, *par Italo Calvino*
R470. Jour de silence à Tanger, *par Tahar Ben Jelloun*
R471. Sous le soleil jaguar, *par Italo Calvino*

R472. Les cyprès meurent en Italie, *par Michel del Castillo*
R473. Kilomètre zéro, *par Thomas Sanchez*
R474. Singulières Jeunes Filles, *par Henry James*
R475. Franny et Zooey, *par J. D. Salinger*
R476. Vaulascar, *par Michel Braudeau*
R477. La Vérité sur l'affaire Savolta, *par Eduardo Mendoza*
R478. Les Visiteurs du crépuscule, *par Eric Ambler*
R479. L'Ancienne Comédie, *par Jean-Claude Guillebaud*
R480. La Chasse au lézard, *par William Boyd*
R481. Les Yaquils, *suivi de* Ile déserte, *par Emmanuel Roblès*
R482. Proses éparses, *par Robert Musil*
R483. Le Loum, *par René-Victor Pilhes*
R484. La Fascination de l'étang, *par Virginia Woolf*
R485. Journaux de jeunesse, *par Rainer Maria Rilke*
R486. Tirano Banderas, *par Ramón del Valle-Inclán*
R487. Une trop bruyante solitude, *par Bohumil Hrabal*
R488. En attendant les barbares, *par J. M. Coetzee*
R489. Les Hauts-Quartiers, *par Paul Gadenne*
R490. Je lègue mon âme au diable
par Germán Castro Caycedo
R491. Le Monde des merveilles, *par Robertson Davies*
R492. Louve basse, *par Denis Roche*
R493. La Couleur du destin
par Carlo Fruttero et Franco Lucentini
R494. Poupée blonde
par Patrick Modiano, dessins de Pierre Le-Tan
R495. La Mort de Lohengrin, *par Heinrich Böll*
R496. L'Aïeul, *par Aris Fakinos*
R497. Le Héros des femmes, *par Adolfo Bioy Casares*
R498. 1492. Les Aventures de Juan Cabezón de Castille
par Homero Aridjis
R499. L'Angoisse du tigre, *par Jean-Marc Roberts*
R500. Les Yeux baissés, *par Tahar Ben Jelloun*
R501. L'Innocent, *par Ian McEwan*
R502. Les Passagers du Roissy-Express
par François Maspero
R503. Adieu à Berlin, *par Christopher Isherwood*
R504. Remèdes désespérés, *par Thomas Hardy*
R505. Le Larron qui ne croyait pas au ciel
par Miguel Angel Asturias

R506. Madame de Mauves, *par Henry James*
R507. L'Année de la mort de Ricardo Reis, *par José Saramago*
R508. Abattoir 5, *par Kurt Vonnegut*
R509. Comme je l'entends, *par John Cowper Powys*
R510. Madrapour, *par Robert Merle*
R511. Ménage à quatre, *par Manuel Vázquez Montalbán*
R512. Tremblement de cœur, *par Denise Bombardier*
R513. Monnè, Outrages et Défis, *par Ahmadou Kourouma*
R514. L'Ultime Alliance, *par Pierre Billon*
R515. Le Café des fous, *par Felipe Alfau*
R516. Morphine, *par Mikhaïl Boulgakov*
R517. Le Fou du tzar, *par Jaan Kross*
R518. Wolf et Doris, *par Martin Walser*
R519. La Course au mouton sauvage, *par Haruki Murakami*
R520. Adios Schéhérazade, *par Donald Westlake*
R521. Les Feux du Bengale, *par Amitav Ghosh*
R522. La Spéculation immobilière, *par Italo Calvino*
R523. L'homme qui parlait d'Octavia de Cadix
par Alfredo Bryce-Echenique
R524. V., *par Thomas Pynchon*
R525. Les Anges rebelles, *par Robertson Davies*
R526. Nouveaux Contes de Bustos Dómecq
par Jorge Luis Borges et Adolfo Bioy Casares
R527. Josepha, *par Christopher Frank*
R528. L'Amour sorcier, *par Louise Erdrich*
R529. L'Europe mordue par un chien, *par Christophe Donner*
R530. Les hommes qui ont aimé Evelyn Cotton
par Frank Ronan
R531. Agadir, *par Mohammed Khaïr-Eddine*
R532. Brigitta, *par Adalbert Stifter*
R533. Lune de miel et d'or, *par David Shahar*
R534. Histoires de vertige, *par Julien Green*
R535. Voyage en France, *par Henry James*
R536. La Femme de chambre du Titanic, *par Didier Decoin*
R537. Le Grand Partir, *par Henri Gougaud*
R538. La Boîte noire, *par Jean-Luc Benoziglio*
R539. Le Prochain sur la liste, *par Dan Greenburg*
R540. Topkapi, *par Eric Ambler*
R541. Hôtel du lac, *par Anita Brookner*
R542. L'Aimé, *par Axel Gauvin*

R543. Vends maison, où je ne veux plus vivre
par Bohumil Hrabal
R544. Enquête sous la neige, *par Michael Malone*
R545. Sérénissime, *par Frédéric Vitoux*
R546. Fleurs de ruine, *par Patrick Modiano*
R547. Les Girls du City-Boum-Boum, *par Vassilis Alexakis*
R548. Les Rives du fleuve Bleu, *par Emmanuel Roblès*
R549. Le Complexe polonais, *par Tadeusz Konwicki*
R550. La Patte du scarabée, *par John Hawkes*
R551. Sale Histoire, *par Eric Ambler*
R552. Le Silence des pierres, *par Michel del Castillo*
R553. Une rencontre en Westphalie, *par Günter Grass*
R554. Ludo & Compagnie, *par Patrick Lapeyre*
R555. Les Calendes grecques, *par Dan Franck*
R556. Chaque homme dans sa nuit, *par Julien Green*
R557. Nous sommes au regret de..., *par Dino Buzzati*
R558. La Bête dans la jungle, *par Henry James*
R559. Nouvelles démesurées, *par Adolfo Bioy Casares*
R560. Sylvie et Bruno, *par Lewis Carroll*
R561. L'Homme de Kiev, *par Bernard Malamud*
R562. Le Brochet, *par Eric Ambler*
R563. Mon valet et moi, *par Hervé Guibert*
R564. Les Européens, *par Henry James*
R565. Le Royaume enchanté de l'amour, *par Max Brod*
R566. Le Fou noir *suivi de* Le poing fermé, *par Arrigo Boito*
R567. La Fin d'une époque, *par Evelyn Waugh*
R568. Franza, *par Ingeborg Bachmann*
R569. Les Noces dans la maison, *par Bohumil Hrabal*
R570. Journal, *par Jean-René Huguenin*
R571. Une saison ardente, *par Richard Ford*
R572. Le Dernier Été des Indiens, *par Robert Lalonde*
R573. Beatus Ille, *par Antonio Muñoz Molina*
R574. Les Révoltés de la « Bounty »
par Charles Nordhoff et James Norman Hall
R575. L'Expédition, *par Henri Gougaud*
R576. La Loi du capitaine, *par Mike Nicol*
R577. La Séparation, *par Dan Franck*
R578. Voyage autour de mon crâne, *par Frigyes Karinthy*
R579. Monsieur Pinocchio, *par Jean-Marc Roberts*
R580 Les Feux, *par Raymond Carver*

R581. Mémoires d'un vieux crocodile, *par Tennessee Williams*
R582. Patty Diphusa, la Vénus des lavabos
par Pedro Almodóvar
R583. Le Voyage de Hölderlin en France
par Jacques-Pierre Amette
R584. Les Noms, *par Don DeLillo*
R585. Le Châle, *par Cynthia Ozick*
R586. Contes d'amour de folie et de mort
par Horacio Quiroga
R587. Liberté pour les ours !, *par John Irving*
R588. Mr. Stone, *par V. S. Naipaul*
R589. Loin de la troupe, *par Heinrich Böll*
R590. Dieu et nous seuls pouvons, *par Michel Folco*
R591. La Route de San Giovanni, *par Italo Calvino*
R592. En la forêt de longue attente, *par Hella S. Haasse*
R593. Lewis Percy, *par Anita Brookner*
R594. L'Affaire D., *par Charles Dickens*
Carlo Fruttero et Franco Lucentini
R595. La Pianiste, *par Elfriede Jelinek*
R596. Un air de famille, *par Michael Ondaatje*
R597. L'Ile enchantée, *par Eduardo Mendoza*
R598. Vineland, *par Thomas Pynchon*
R599. Jolie, la fille !, *par André Dubus*
R600. Le Troisième Mensonge, *par Agota Kristof*
R601. American Psycho, *par Bret Easton Ellis*
R602. Le Déménagement, *par Jean Cayrol*
R603. Arrêt de jeu, *par Dan Kavanagh*
R604. Brazzaville Plage, *par William Boyd*
R605. La Belle Affaire, *par T. C. Boyle*
R606. La Rivière du sixième jour, *par Norman Maclean*
R607. Le Tarbouche, *par Robert Solé*
R608. Leurs mains sont bleues, *par Paul Bowles*
R609. Une femme en soi, *par Michel del Castillo*
R610. Le Parapluie jaune, *par Elsa Lewin*
R611. L'Amateur, *par André Balland*
R612. Le Suspect, *par L. R. Wright*
R613. Le Tueur des abattoirs, *par Manuel Vázquez Montalbán*
R614. Mémoires du Capitán Alonso de Contreras
par Alonso de Contreras
R615. Colère, *par Patrick Grainville*

R616. Le Livre de John, *par Michel Braudeau*
R617. Faux Pas, *par Michel Rio*
R618. Quelqu'unbis est mort, *par Jean-Luc Benoziglio*
R619. La Vie quelque part, *par Anita Brookner*
R620. Iblis ou la Défroque du serpent, *par Armande Gobry-Valle*
R621. Fin de mission, *par Heinrich Böll*
R622. Les Mains vides, *par Maurice Genevoix*
R623. Un amour de chat, *par Frédéric Vitoux*
R624. Johnny s'en va-t-en guerre, *par Dalton Trumbo*
R625. La Remontée des cendres, *par Tahar Ben Jelloun*
R626. L'Enfant chargé de songes, *par Anne Hébert*
R627. L'Homme sans postérité, *par Adalbert Stifter*
R628. La Terre et le Sang, *par Mouloud Feraoun*
R629. Le Cimetière des fous, *par Dan Franck*